激扬的青春

孙丹　著

百花洲文艺出版社
BAIHUAZHOU LITERATURE AND ART PRESS

图书在版编目(CIP)数据

激扬的青春/孙丹著. —南昌:百花洲文艺出版
社,2025.1
ISBN 978-7-5500-5433-2

Ⅰ.①激… Ⅱ.①孙… Ⅲ.①小小说—小说集—中国
—当代Ⅳ.①I247.82

中国国家版本馆 CIP 数据核字(2024)第 084965 号

激扬的青春
JIYANG DE QINGCHUN

孙丹 著

责任编辑	陈昕煜	
书籍设计	袁思文	
制　作	湖北新梦渡传媒有限公司	
出版发行	百花洲文艺出版社	
社　址	南昌市红谷滩世贸路 898 号博能中心一期 A 座 20 楼	
邮　编	330038	
经　销	全国新华书店	
印　刷	武汉鑫佳捷印务有限公司	
开　本	145 mm×210 mm　1/32　　印张 10.75	
版　次	2025 年 1 月第 1 版	
印　次	2025 年 1 月第 1 次印刷	
字　数	182 千字	
书　号	ISBN 978-7-5500-5433-2	
定　价	78.00 元	

赣版权登字 05-2024-143

序

绽放着人性光芒的生命礼赞

刘建超

孙丹是浙江富阳人，近年来痴心于小小说创作。孙丹是个很认真很努力的作者，他一边勇敢顽强地面对生活给他的身体带来的伤痛，一边阳光向善用生命之笔去描绘世态万象。他笔下的人物众多，行业繁杂，通古说今，微言大义，篇篇作品如艳丽的油彩，勾勒出一幅幅带有浓郁区域色彩的风俗画，抒写出绽放着人性光芒的生命礼赞。

小小说作品的创作讲究立意、讲究留白、讲究智慧。多变新颖的创作手法最终还是要归结于人物塑造。孙丹的小小说作品，十分注重人物形象的塑造，他笔下的人物是具有代表性的人物，这种以人物志为核心，贯穿各行各业，呈现出一方区域的历史文化沉淀与弘扬，润色了地方志的枯燥，填充了历史书本的细枝末节，让人感受到脚下一方水土的可爱可赞。

所有宏大的展示都是从生活的细微之处入手。只有细节才最能打动人心，让人感受到作品里面的坚持传承之不易。《芳华》中祖孙三代献身邮政事业里的情愫，既见证了一个民生行业的发展，又展现了一代代邮政人为民服务意志的沉淀与弘扬。《大厨阿珍》里作者并非只是展现了一个乡下厨娘的诞生，更有"人哪，不想认命就只有拼命"的自强呐喊。这是生命的闪光，是人性的礼赞。年轻的生命在呐喊，年老的岁月也同样在负重前行。《山爷》之中更有趣的地方在于，坚持炒茶的老人，要通过邮政把自己的劳动成果寄到山外——而维持这条通道畅通的，就是先前提到的《芳华》里面祖孙三代这样千千万万的邮政人。作品之间的有机联系，起到了意想不到的阅读惊喜和欣慰。作品中的人物事件奇妙地交织与相辅相成，作者创作手法的娴熟，统筹帷幄的构思，顺理成章的结局，显露了作者深厚的创作底蕴与才气。

孙丹是个非常热爱自己家乡的作者。每每与之交流时，那种家乡给予他的自豪感和荣誉感就会溢于言表。说起家乡浙北的街坊匠人，他就滔滔不绝，如数家珍。我们读他的作品，往往就会跟随着他笔下的人物，一起走入苍茫岁月，去见证一段传奇的历史。《纸坊传人蒋爷》中更是把脉络延伸到北宋年间，把富阳竹纸的历史展开，能讲上三天三夜。如果前面是地理空间的突破，这里则是时间的完全展开。一个人或一代人的生命可能是短暂的，有些东西在这短暂的生命里却成为一种久远的坚守，成为一种不可断绝的绵绵延续。

生活并非尽如人意，不得志者如《花脸阿坤》，从高高的万众瞩目的舞台跌落，降身为民间杂戏的艺人——人生似乎进入了一个走不出的低谷，但却积累出智慧的总结。一个小人物的高开低走似乎无伤大雅，但是却带出了浙北民俗跳竹马的更加繁荣。阿坤之失，竹马舞之得，似乎有一种楚弓楚得的意味。何况受到关照的还有无人光顾的养老院以及孩子们，等等。这种无心插柳柳成荫之举也在《小镇伞爷》里面有所展现。对破损物件的修补，无意间也成了对人心的修复。这是言外之意，也是更高的立意。

传承是一种永恒，但变革也来得剧烈。《老章的心事》中，老邮政人面临的是一个迈不过去的坎。机器分拣对人工的取代，是一种时代的进步和效率的提升，但也是一种对人和人之间关系与情感的打破。就好像用小三轮替代情感深厚的老马，就如同用一分钱的短信取代字字深情的信笺，这是一种失去与获得的交替杂糅。因此，这篇章里讲了很多的技艺，但最终的落足点依然是人心。同理，《棕匠赵阿狗》里直到最后学徒赵阿狗才获得了师父的认可，因为对方等待的就是对徒弟人品的最终考验。这个考验不到来，那么就永远不到出师之时。

孙丹的小小说作品中，很讲究人品的质量。这种对品格的追求是有历史渊源的。《青溪龙砚》中海瑞的名字如雷贯耳，对方拒绝"海公砚"的赠谓，而以"青溪龙砚"来命名这一方天下名砚的坚持，彰显了其不同的精神气度。这千百年来一堆皇帝，大多不为人记起。而作为臣子的海瑞，如今却让人念念不忘。名利到底是什么，可强取强夺呼？很多人默默无闻做着实事，他们求的不是名和利，而是为着心中的大义。《激扬的青春》中埋骨异乡70年，一直不能魂归故里的烈士们闻之让人潜然泪下。但总有人会重新发现他们，并替他们发出回家的信号。当年他们离开家乡战死异乡是为了国家大义，而如今邮政人通过不懈的努力走访，依据一封陈旧信件的残破地址而让英雄们魂归故里，同样是对大义的一种坚持。70年的等待，终于得到了一声热泪盈眶的"回家啦"，就是这样的故土，就是这样的人。在动荡的年代，他们英雄辈出。在和平的年代，他们在日常嘈杂中生活着。所以无论是《制笔匠老牧》里对于做人曲直是非的议论，还是《西湖莼菜汤》中的唐婶借助一份菜肴对走失儿子的盼归，都是这世俗中不同的一抹颜色。只不过有的人离家时是少年，却不曾再回来。而有的人有幸于《小镇骆爷》中幡然顿悟，立马动身远去，期待落叶归根，推开那扇久盼不开的门，扑向那佝偻的身影。记忆是不拘一格的。除了这种温情的唤醒，也有对于大奸大恶的戏谑。所以《郝婆的葱包桧》里的油炸桧儿却是很可口的，这种民间小吃里的典故，把美食与教育融为一体，将大义是非裹入万民之腹，这算是最高明的传承了。因此，《同泰堂郑掌柜》里的老一代售药人谨守本分，《割漆匠老钱》中的富家大小姐也以德报德，万事皆有界限，不可违背。

这种意念甚至以更具有戏剧性的色彩出现在《烟匠吴老大的爱情》的情节之中。原来所有的困扰都只是一种考验，上天有好生之德，成人之美。生而为人都是有所坚持的。比如《松烟墨宝》中的孙墨瑶，甚至有时候这都成了一种固执。就像在《黄峄喜的生意经》里那句"气味是有记忆的"的笃定——这味道只有在这一方水土这一方人手里才有，花钱买不到，费心学不走。只要离开了这里，那就不是那个味了。一方水土养一方人，一个地域一种传承，一种文化。这没有什么可质疑的。《李氏滚灯》中的滚灯民俗，别的地方就不曾见过。《小镇古爷》中老人打山核桃时所说的，前人栽树，后人乘凉。传承就是这么个子继父业的过程。除了大是大非的明了，也有小家小户的智慧。《石匠冯大胆》里"和老婆吵，就算咱有理，一辈子也不会赢。这理啊，咱懂"的狡黠，让人会意一笑。

《扇骨匠老陈》里面，一个人的委屈和一方富裕哪个重要？老陈有自己的答案。人生就像是一个人的长跑，每个人都有着不同的追寻和探索。《石雕师金爷》中手握百年传承的老人坚持与决定，《慈悲》中大仇得报后复仇者目光中的困惑和探寻等，每个人都有自己的坚持，等待着自己的那个答案。《根雕师老韩》中老根雕人最后的总结是八个字：顺势而为，不违天理。

当代小小说发展40多年，涌现出一批优秀的小小说作家。他们有的是用天赋写作，生来就有编故事的能力；有的是用勤奋写作，孜孜不倦，持之以恒；有的是用聪颖写作，极少读书却能妙笔生花；而孙丹是在用生命写作，他把每一篇作品都赋予很浓烈的生存仪式，绝不敷衍。所以，他作品里的人物，尊重生命，热爱生命，即便是命运不济也绝不轻视生命。生活中的孙丹同样是阳光灿烂的大男孩，他用乐观向上的态度去对待生活中的一切困难，读他的作品就能读出对于生命的尊重，对于小人物的尊重。读他的作品就能读出力量，读出厚重。

孙丹的创作正值鼎盛时期，这本集子只是创作路程中的一个驿站。歇歇脚，调整好姿态，吃饱喝足继续赶路。未来，是一片崭新的天地，阳光灿烂。

（刘建超，现居洛阳。中国作家协会会员，河南省小小说学会副会长，洛阳市作家协会小说委员会主任。出版有小说集《永远的朋友》《怀念一只被嘲笑的鸟》《没有年代的故事》《只要朋友快乐着》《老街故事》等16部。曾获第二届、第六届小小说金麻雀奖，冰心儿童图书奖，第八届《小说选刊》年度大奖，河南省文学期刊奖等。）

（刘建超老师与孙丹在洛阳亲切见面）

目 录

第一部分　绝妙闪小说

中国寓言文学研究会闪小说专业委员会

　　闪小说是小说的一种新样式，源于英文"flash fiction"。闪小说指文章整体（包括标题及标点符号）字数限定在600字内的小说。它既是文学的、具有小说特质，又是大众的，具有信息时代多渠道传播特色。这类小说，具有小小说基本特征，但又有其自身特点：在写作上追求"微型、新颖、巧妙、精粹"。微型，指篇幅超短；新颖，指立意别出心裁；巧妙，指构思精巧；精粹，指言约义丰。

妈妈愿做你的光头强

萱萱是个四岁的小姑娘，乌黑的眼睛透着机灵，卷卷的头发活泼可爱。

萱萱每天早上去幼儿园上学，和妈妈告别时，总喜欢用小手摸一摸妈妈那又长又黑的头发，小鼻子还调皮地钻进妈妈头发里。

萱萱每晚都要搂着妈妈散发着香味的头发甜甜入睡。

一天晚上，家里来了很多亲戚，叽里咕噜地讨论着。萱萱自顾自看着动画片。

"宝贝，妈妈叫你进来。"爸爸过来喊萱萱。

妈妈半躺半靠在床上，轻声问带着笑脸走进房间的萱萱："宝贝，你在看动画片《熊出没》吗？"

"是，我最喜欢看熊大，熊二，还有光头强呢！"萱萱开心地叫起来。

"那明天开始，我们玩一个游戏，全家人扮演动画片里的人物，好吗？"妈妈认真地说。

"好呀，好呀，那妈妈演熊大，我演熊二，爸爸演坏坏的光头强。"萱萱兴奋极了。

"不，妈妈演光头强，爸爸演熊大保护你。"妈妈说。

"不行，光头强没有头发，妈妈头发长长的，而且，"萱萱有点生气地嘟囔着，"妈妈是女的呀！"

"你呢，和爸爸同姓，所以演熊大熊二俩兄弟，妈妈呢，愿意做你的光头强，被你们欺负哟。"妈妈解释道。

"那……那好吧。"萱萱眨着大眼睛，有些疑惑不解，但更多的是期待。

第二天放学回家，萱萱见到了坐在沙发上，穿着蓝色条纹衣服，顶着光光脑袋的妈妈。

"真像光头强，妈妈我爱你！"萱萱开心极了。

妈妈望着天真的女儿，泪眼婆娑。

今晚，是萱萱第一个没有妈妈的长发相伴入睡的夜晚，依然睡得那么香。

昨晚，是妈妈化疗前一晚。

（本文获 2018 年"游龙"杯全国闪小说大赛优秀奖、刊发于《浙江小小说》2018 年第 1 期、《羊城晚报》2018 年 6 月 26 日、《太行日报》2018 年 6 月 29 日、《阅之声》2018 年夏季刊、《海口日报》2020 年 5 月 8 日、入选《2020 年中国闪小说精选》）

祝寿

贾大穿上崭新吉服，领着弟弟妹妹和孩子们跪在一座修葺如新的墓前。

贾大起身，点燃香，叩拜，其他人依次进行。贾大斟满酒，一脸的虔诚，声音颤抖着：

"爹啊，今儿是您老八十寿诞，儿孙们特意给您祝寿来了。"

贾大绕墓碑一圈，边走边洒酒，早已泣不成声。

金箔元宝三十副，锦绣冥衣五十套，新奇祭品无数。缕缕烟火缭绕，老者头像，含笑注视前方。

"噼里啪啦"鞭炮炸开。雨，此刻，无声无息下着。

肯定是贾家的一片孝心惹哭了老天爷，围观村民都说。

雨越下越大。屋内，案桌正中摆着"庆"字，左右悬挂两副红轴对联："仙乡不老，佛国长春。"素面，大寿桃，红龟粿，供品精致，几十支红烛，照亮了整间屋子。

几个穿着袈裟的和尚，打坐，诵经，佛音悠远。

　　临时搭建的帐篷内，厨师们忙碌着，二十余桌宴席已经开吃。

　　"贾家好阔气啊，全村老少都请到，还不肯收礼钱。"

　　"去年村主任母亲过九十大寿，也没这排场大。"

　　"儿女特意从外省赶回来，听说贾二还从国外飞回来呢。"

　　"二十年前，福爷要有这条件，哪会早走？"

　　村民们嚼着美食，你一言，我一句侃着大山。

　　第二天，贾家儿女们驱车赶到县养老院。在一间小房间里，贾大挤到一位老人床边，贴着耳根，大声说："娘，我们要走了，爹的八十寿诞很热闹，大家都夸赞。您啊，乖乖听医生的话，等您八十岁了，给您办更气派的寿宴。"

　　老人眼神空洞，呆望着桌上一块吃剩下已发霉的蛋糕。那是上个礼拜养老院送她七十五岁的生日礼物。

　　（本文刊发于《浙江小小说》2018 年第 2 期、《吴地文化闪小说》2018 年第 2 期、《福州晚报》2018 年 7 月 17 日、《今日柯城》2018 年 7 月 9 日、越南《西贡解放日报》2019 年 1 月 13 日、《喜剧世界》2020 年第 7 期、《天津日报》2021 年 4 月 1 日）

最珍贵的财富

坐在没有空调的邮车上，热！手机多次重拨，无人接听，急！赶到收件人地址，敲半天，没人开门，烦！附近打听一圈，邻居们摇头，说不认识，懵！

唉，好心情顿时灰飞烟灭。

刚才考生们接到我的电话，不是喜气洋洋等候在家，就是特意站到门口迎接我。当我递上红彤彤的通知书，个个忙不迭地拍照，道喜声，鞭炮声不断。他们还把矿泉水、水果、喜烟硬塞在我手里。

偏偏这封信，折腾了我快半小时。

终于，手机铃声响起，"你好，哪位？不好意思手机刚才没带身边。"

"我是邮政 EMS 投递员，有你的录取通知书。"我有点埋怨，"家里怎么没人在啊？"

"哦，我留的是租住地址。"声音停顿了一下，说，"现在我们都在外面，能否麻烦您送到景新大厦旁边？"

当我望见"景新大厦"招牌时，车子拐进了一处工地。

　　疑惑中，一个戴着眼镜，瘦高个的小伙子，跑向邮车。戴着一顶安全帽，穿着一身旧工作服，沾着泥浆。

　　核对身份信息后，我递上了通知书。他双手接住，说了声谢谢，朝脚手架上一对中年夫妻挥了挥。

　　都说人生惊喜，只剩快递。小伙子可不是一般惊喜，是重点大学 Z 大的录取通知书！多少人梦寐以求的。"啊，你！？"我一时失口叫出了声。

　　小伙子回头，淡然一笑："前几天在网上查到已录取，安心了。趁着暑假，来帮父母干点活。"

　　离开时，我把矿泉水和水果塞给了小伙子。那一刻，洋溢在那小伙子脸上的那份自信和从容，是留给我最珍贵的财富，让我下决心要把拖了三年的大专自考文凭拿到手。

　　（本文获第二届"茶圣陆羽"杯全国闪小说大赛二等奖、刊发于《吴地文化闪小说》2018 年第 3 期、《信》2019 年第 2 期、《洛阳晚报》2019 年 8 月 14 日、《东楚晚报》2020 年 8 月 18 日、《今日柯城》2020 年 8 月 28 日）

三顾茅庐

戏台上，孔明唱腔干涩，身段生硬。刘备皱着眉，黑着脸，有点不高兴。趁着休息空隙，演孔明的小刘脸上堆满笑容，掏出香烟，麻利地给演刘备的老何点上火。

老何猛吸了一口烟："演戏，你还嫩着呢，得好好学！"

小刘点着头："对，对，我就是来跟您这个老戏骨学习的。您给我讲讲刘备三顾茅庐的故事吧！"

老何吐着烟圈，打开了话匣子，把三顾茅庐这个故事讲得活灵活现。

小刘听得入迷，鸡啄米般点头，忽然低声问："何叔，听说咱村里搞啥土地流转了吗？"

"晓得，村里开会五六次，吴书记都两顾我家茅庐了。"老何脸上掠过一丝得意。

"那您签了？"

老何摇摇头。

"您不信吴书记？"

"咋不信，他也算村里能人。"老何左手一摊，"可咱农民不种地心里没底啊。"

"何叔，您守着几亩地，一年多少收成？"

"够饱肚。"老何起身，哈哈一笑。

"您瞧刘皇叔得了孔明，三分天下。吴书记上任，会带领我们过好日子的。土地流转后算您入股，分红少不了。"小刘拍拍老何的肩膀。

老何盯着戏台，狠吸口烟："你说的在理，在理，吴书记要是来三顾我家茅庐，我就签！"

"我今天就是来三顾的，您今天就签吧。"小刘掏出一张纸。

"协议书，咦，你是？"

"我嘛，是跟您来学戏的，也是新来的大学生村官。"

"哈，哈，你这个机灵鬼。"老何乐呵呵地签下大名，"开练！"

踱着方步，轻摇鹅毛扇，小刘唱道："丈夫在世当有为，为民播政太平春。"铿锵的声音回荡在村子上空。

（本文刊发于《农村新报》2018年12月1日、《信阳文学》2018年第6期、《荆楚闪小说》2019年上半年期、《洛阳晚报》2019年5月8日）

感恩老师

初中毕业二十年的同学聚会安排在教师节，久别重逢的同学们很激动，纷纷举杯，向老师们表达自己的敬意和感激之情。

小有名气的作家赵言同学，儒雅地碰了一下语文老师的酒杯，一字一顿地说："谢谢您！没有您当初的鼓励，我永远走不进文学这个神圣的殿堂。"说完，双手递上新出版的还飘着墨香的书。头发花白的语文老师颤巍巍地接过书，望着得意门生，老泪纵横。

胡慧同学，外贸公司老总，生意做到全世界。她叽里咕噜地说了一大串英语，然后深情拥抱了英语老师。老师眉开眼笑，一口饮尽杯中酒。

突然，夏蒙同学快步跑到化学老师面前，"砰砰"几下，碰得老师酒杯差点飞出去，又掏出一条金光闪闪的项链，就往老师脖子上套，老师一下子蒙了。

同学们也呆住了——谁都知道夏蒙同学当年根本不爱学习，成绩稳定在班级倒数，化学成绩更是一塌糊涂，好几次在化学课上睡觉还和老师顶嘴，差点打起架来。初三没读完就混社会了。

望着同学们疑惑的眼神，夏蒙借着酒意说："我，我，今天要感，感谢，化学老师，要，要不是那时，他天天把我留在教室里背，背什么化学元素表，背得我口吐白沫，我也不会对那些元素符号刻骨铭心！去年9月我投身到股市，啥都不懂，只管把带铜、带铝、带锌、带锂的股票乱买一通，硬是赚大发了！"

大家起哄，让夏蒙同学买单，他拍着胸脯说："没问题！但我觉得今天的同学聚会应该更名为谢师宴，因为老师是改变我们命运的人，值得我们永远感恩！"

（本文刊发于印尼《国际日报》2018年9月3日、《今日大冶》2018年8月22日、《年华》2018年第4期、《中国水运报》2021年9月10日）

桂花月饼

台风过后，一片狼藉。

营业厅大门被推开，进来一位满头白发的大妈。她提着两只纸盒，喘着粗气走向柜台。

我起身相迎。

大妈收起雨伞，戴上老花镜，填好快递单，交给我。我提醒道："大妈，收件人地址不太详细，会退回来的。"

"没关系，就这样寄吧。"大妈摆摆手。

我照例检查物品——十几只还冒着热气的月饼。"大妈，今天风大雨大，没紧急的事情，最好别出门。再说，你可以拨打 183，快递员会上门收寄。"

"闺女，我亲自来心里才踏实。"大妈笑了笑，望着我疑惑的眼神，解释道，"别看几只月饼，都是我亲手做的，桂花馅的。"

三天后，月饼被退了回来，我联系上大妈。电话里，大妈说不过来取了，送给我们品尝。

下班了，我按快递单上的寄件人地址，拎着月饼，找到了大妈家。

　　在大妈的话语中，时光回到了中华人民共和国成立前那年的中秋夜。她刚满十六岁的大哥被抓了壮丁，远去台湾，从此再无音讯。每逢中秋，桌上总要留几只母亲做的桂花月饼。

　　两岸恢复通邮后，大妈不知从哪里听说了大哥的住址，年年做好月饼，赶在中秋节前寄过去，年年因"查无此人"被退回。

　　"一晃这么多年过去了，我们对大哥的牵挂还是扯也扯不断。"大妈噙着热泪，"桂花月饼，桂花是咱家那棵老桂花树打下来的，桂花年年开，大哥啥时能回来哟？"

　　"会回来的，一定会回来的。"我起身，紧握大妈的双手，看着她充满期待的眼神，我脸上一阵燥热。参加工作以来，我已有好多年没陪乡下的父母过中秋了，今年没有任何理由缺席了。

　　（本文刊发于《黄海文学》2020年第3期、《组织人事报》2020年9月17日、《今日柯城》2020年9月23日）

红灯停，绿灯行

沿着陌生的街道，阿新茫然地向前走着。

阿新努力挤上公交车，恰好有个位子，一屁股坐下。上来一个抱着小女孩的母亲，阿新起身让座，那个才两三岁的小女孩冲他甜甜地说："谢谢叔叔！"

阿新不禁想起自己的女儿，心里暖暖的。

公交车驶过一条街，遇上红灯，在十字路口停住。

小女孩拍着小手，稚嫩的声音响起："红灯停，绿灯行，黄灯请你等一等。"

突然，身后的小伙子一个趔趄，扑在阿新肩上。

"不好意思，没站稳。"小伙子正在道歉，他插进阿新裤兜的手，却被阿新牢牢抓住。

"你看着办吧。"阿新回头，看到了小伙子凶光毕露的双眼。

阿新真想当众扇这个小伙子一耳光，但他忍住了。他想起几年前，自己刚下岗，生活没有着落，也曾在公交车上把手伸进过别人的口袋。

阿新记得，妻子去派出所探视时，将年幼的女儿独自锁在房里。妻子说："别让孩子看到不干净的东西。"

今天，阿新也不愿意让身边这个小女孩看到不干净的东西。

"小伙子，这个，我也干过！"阿新贴着小伙子的耳根，轻声但很有力地说。

阿新默默松开那只伸进裤兜的手，从里面掏出被小伙子认为是钱包的东西——释放证！

小伙子仿佛被孙悟空施了定身术，涨红着脸，一动不动。

指示灯由红转绿。"一起，朝前走吧！"阿新对小伙子说。

公交车加油启动，平稳驶过十字路口。

车厢里依然回荡着小女孩稚嫩的歌声："红灯停，绿灯行，黄灯请你等一等。"

（本文刊发于越南《西贡解放日报》2018年9月30日、《东楚晚报》2018年11月14日、《中国中学生报》2018年11月27日）

戒指和假牙

西餐厅里，靠窗座位上坐着一对农民模样的老夫妻，七十多岁，穿戴挺整洁，大爷还套了一件褪色旧西服。

他们看起来有点拘束，拿着点餐单，瞧了好久，最后只点了一份牛排。

不一会儿，热气腾腾的牛排端上桌，香气四溢。

"请。"大爷伸出手，做了个优雅动作，把大妈笑得合不拢嘴。大爷站起身，慢慢把餐布系在大妈脖子上。

大妈拿起刀叉，笨拙地比画着。大爷帮着切碎牛排，递到大妈嘴边。大妈害羞地张开嘴，露出微黄的牙齿，用力嚼着。

老大爷举起酒杯："咱们碰个杯。"

"啥时候学会这套的。"大妈嗔怪着，"你就喜欢瞎花钱。"

"老婆子，今天是咱的金婚纪念日，咱们也出来浪漫一下。"大爷抿了口酒，红着脸说，"儿子去世早，这些年你跟着我，亏待你了。"说着，从上衣兜里掏出一枚金灿灿的戒指，戴在大妈手指上。

大妈低下头，盯着戒指看了好久，"啪嗒啪嗒"落了泪。不一会儿，端来一碗面，煮得很软，很碎，大爷拿起汤匙吞起来。

"以前你最喜欢吃肉，现在牙掉光了，只能看我吃。"大妈抹了抹眼角，"本来用买戒指的钱，给你装副假牙多好，你个死老头子。"

大爷一抹嘴，瘪着嘴笑了，开玩笑地说："老婆子，不碍事，你就是我的牙，没有你，我就会疼。"

我坐在对桌，看得一清二楚，含着热泪起身，走向他们，双手递上名片："我新开了家牙科诊所，明天你们来找我，我资助大爷一副假牙，算是送给你们的金婚礼物。"

"啥？"老两口愣住了。

"你们让我想起我父母，如果在世，今年他们也是金婚。"

（本文刊发于越南《西贡解放日报》2018 年 10 月 28 日、德国《欧华导报》2018 年第 305 期、《洛阳晚报》2019 年 3 月 1 日、《信》2019 年第 2 期、《时代邮刊》2019 年第 6 期、《传奇故事 闪小说》2019 年第 1 期、《潮州日报》2020 年 5 月 28 日、《三江都市报》2021 年 5 月 14 日）

凤嫂

天色微微亮，茶山便热闹起来，人头攒动。新吐的茶芽，一片挨着一片，望不到边际的翠绿。

四十出头的凤嫂便嵌入这抹绿色中，她腰间绑着竹篮，一掐，一扯，一抛……手指在春风里跳舞。

凤嫂是个远近闻名的采茶熟手。去年有茶主想出更高的工钱请她，她没动心，她一直感恩老茶主。

三年前，丈夫车祸去世，留下一双儿女。如果不是老茶主帮衬，女儿的学费都没有着落。

今天，凤嫂的手似乎不是很灵巧。爬满老茧的双手，被茶叶边角划出道道伤痕，肿胀发疼。前些天，不小心摔伤右臂，贴了药膏。医生叫她休息几天，她笑笑没吭声。

凤嫂清早出门的时候，上小学的儿子睡得正香。她捏了捏被角，调了闹钟，留了早饭。女儿读高中住校，不用操心。

收工过秤后，凤嫂拿到一百多元工钱。怕是多称了吧，凤嫂嘀咕着，茶主早已走远。

接连几天，凤嫂都感觉多算了工钱，心里很是不安。

那天收工后，凤嫂揣起钱，穿过弯曲小路，赶往茶主家。茶树拐弯处，凤嫂眼前一亮，一只金闪闪的发夹，躺在茶树下。

"女儿的？"凤嫂捡起，抚摸着。不错，这个发夹，是前年她送给女儿的生日礼物。

茶主桌上的记账本里，凤嫂找到了答案。

"你丫头六点来，八点走，喏，全记你账上。"茶主说。

凤嫂弯了弯手指，摸了摸右臂，感觉不是那么疼了。

（本文刊发于《三江都市报》2018 年 7 月 30 日、《海口日报》2021 年 3 月 17 日）

破案高手

最近两年，不管刮风下雨，邻居刘奶奶都拄着拐杖，眯着老花眼，等候在我上班途中。

每次见到我，还会攥紧我的手，说："孙警官，你是破案高手，你一定要帮我！"

每次望着刘奶奶那浑浊的眼神，干瘪的嘴巴，消瘦的脸庞，我都不忍心告诉她，我其实并不是真的警察。

刘奶奶命苦，独子六岁时在家门口被人拐走，至今音信全无。为寻找儿子，夫妻找了整整三十年。

那天，我刚下班回家，刘奶奶就在路口朝我招手："孙警官，快帮帮我，我家老头子快不行了！"

我跟着她进了一间老旧的小两居室，她的老伴已到了弥留之际，手里还紧紧捏着一张仅有的全家福照片，看到我，眼里放射出希望的光芒，断断续续地说："孙警官，你……一定帮……帮我找到儿子……"

这份临终嘱托成了压在我心头一块沉甸甸的石头。我带着这张全家福和刘奶奶一些零零碎碎的回忆，去公安局报了案，又在"宝贝回家网"发布了很多消息，找天南海北的朋友帮忙，不久，终于有了喜讯。

　　那天，刘奶奶在她儿子搀扶下，叩开我的家门，朝我双膝跪下："孙警官，感谢你的大恩大德……"

　　我慌忙伸手扶住她："使不得，使不得。"

　　其实我只是一个群众演员，自从那天刘奶奶在她那台老式电视机里，看到一个打拐救孤电视剧中穿制服的我后，就认定我是个警官，而且是破案高手……

　　（本文刊发于《东南早报》2021 年 4 月 20 日）

娃娃为谁抓

周末一大早，葛大爷兴冲冲奔进商场，快步走到游乐区娃娃机前。他架着一副老花镜，眯着眼望着这些嘟着小嘴的毛绒娃娃，脸上漾起微笑。

葛大爷熟练地掏出年卡塞入刷卡处，摁下开始键，左手握住摇杆，不停晃动，控制着金属抓爪灵活摆动。

葛大爷猛地摁下按钮，抓爪垂直落下，夹住娃娃头部，缓缓抬升，小心翼翼移向洞口。"啪嗒"一声响，爪子一松，娃娃掉入洞口，引得围观的小孩们一片欢呼。带着胜利的微笑，葛大爷从洞口拿出娃娃，随手递给一个扎小辫子的女孩子，接着摁下开始键。

一整天，葛大爷抓了二十多个娃娃，全送给小孩们，自己仅留了一个。孩子们抱着娃娃，开心地咧着嘴对他说声"谢谢爷爷"，就欢蹦乱跳跑开了。葛大爷的目光追随着他们的背影，脸上的笑容，久久不散。

葛大爷把每天抓到的娃娃都送给在场的小孩子了，久而久之，营业员都迷惑了，他到底在为谁抓娃娃？

今天，葛大爷又第一个冲进商场，开始抓娃娃。

不一会儿，身边就聚集了一堆娃娃。但是很奇怪，都快九点了，还没有一个小孩子来领取娃娃。葛大爷的眼神里流露出深深落寞。

突然，一阵清脆的童音传来："爷爷好！节日快乐！"只见十几个孩子手捧康乃馨、木樨草、万年青、勿忘我等花草，从游乐场冒出来，将葛大爷围住。

一个教师模样的大姑娘说："大爷，谢谢您平时送那么多娃娃给我们打工学校的孩子。我们知道您老伴刚过世，儿子孙子又在国外生活，今天，我特地让孩子们来陪您过重阳节……"

（本文刊发于《今日柯城》2018年10月23日、《邢台日报》2021年10月13日）

为爱拐弯

高速公路修到了荷花村，村东边的十五户人家面临拆迁。不久，十四户人家乐滋滋领着拆迁款搬离了，只剩下村东头孙婆婆一家。

孙婆婆六十出头，三十多年前，丈夫在部队执行任务时牺牲。她一直未嫁，含辛茹苦把独子培养长大，读了大学，又继续读研究生。

孙婆婆是明事理的人，怎么成了钉子户了？工期紧迫，施工队无奈耍手段：断路、断水、断电。

孙婆婆仍不作声。

想得到双倍拆迁补偿吧！村里人议论纷纷。不得已，县领导出马。

"嫂子，您是怕丈夫的魂没家回吧？"领导望着孙婆婆丈夫的遗像问。

孙婆婆摇摇头："人死啰，哪有魂？我丈夫在我心头住着呢。"

"那您还有什么放不下的？"

沉默许久。

孙婆婆终于说："屋拆了，我怕我的娃真的回不来啰。"

原来，早在三年前，孙婆婆的儿子就因失恋导致精神错乱，离家出走了。孙婆婆怕这事给丈夫的形象抹黑，就瞒着村里人，一直谎称儿子在城里读研。

"娃，脑子出问题了，就记得这屋，我要等他回家！"孙婆婆含着热泪，颤巍巍地说。

领导向上级汇报了情况，施工方反复研究，修改了设计方案。高速公路在孙婆婆的小屋拐了个弯后延伸去远方。小屋保留了下来，改建成了荷花村服务区。

孙婆婆被安置在新建的老年公寓，她每天都回小屋，把屋里屋外擦得一尘不染。

有一天，服务区来了一辆警车，一个熟悉的脸庞出现在孙婆婆面前……

（本文获文学百花苑"微闪"小说百日赛三等奖、刊发于《常州安全生产》2018 年第 4 期、《文学百花苑》2018 年第 5 期、苏里南《中华日报》2021 年 5 月 3 日）。

也是你的节日

"现在几点，迟了半小时。"

门口，阿秀红着脸，低着头。

一个戴金边眼镜的年轻男子在训斥阿秀。今天是他女朋友的节日，恰好也是生日，他特意网购了一条项链，让快递员务必下午四点前送到。

"四点十五分，她出生的时刻。"眼镜男一丝得意飘上脸庞，转眼，瞪人眼睛对阿秀吼，"被你搞砸了，我要投诉！"

"别，您一投诉，我就要扣一百元，一天白干了。"阿秀急得掉眼泪。

"多大点事，还投诉。"一个穿西装，气质不凡的中年男子出来对眼镜男喝道。

西装男对阿秀招手，"进来坐吧。"说着递上一杯水。

阿秀不安地进门，坐下。

"怎么回事？"西装男和气地问。

"哦，路上接了个电话，耽搁了。"

"什么电话，方便说吗？"

"医生，要我回去签个字。"

"什么？"

"我妈，今天动手术。"

"她一个人？"

"我爸陪着，但他不识字。"

西装男惊讶地问："今天也是你节日，怎么还？"

阿秀咧开嘴，不好意思笑了笑说："咱农村人，啥节不节的，就想多送几个件。"

西装男突然起身，从沙发上拿起一大束鲜花放在阿秀怀里，"祝你节日快乐！"

"爸，这是给妈的三八节礼物！"眼镜男提醒道。

"知道，但送她更有意义！"西装男转头问，"知道爸最近投资了什么项目吗？"

眼镜男摇头。

"我刚入股这家快递公司，我为拥有这样的员工感到骄傲！"

七彩云

这鬼天气，说变就变，瞬间，豆大的雨劈头盖脸地浇下来。

傍晚时分，街上的行人很多，行色匆匆和我擦肩而过，都没有停住脚步。

我刚在一所学校附近的公园里欣赏音乐喷泉，今天忘了带伞。雨好像停了，我回头一瞧，一朵七色彩云飘在我头顶。

一个十二岁左右，高高瘦瘦的女学生撑着一把七色彩伞往我身旁斜，一双大大的眼睛忽闪忽闪望着我甜甜地笑。她扶着我的轮椅推手，眼镜沾满水珠，肩膀也湿漉漉的。

我于心不忍，"我自己会回去，你赶紧回家。"

"没关系，奶奶，您住哪，我送您。"女学生一阵银铃般声音。

"哦，哦，"我有点哽咽，望了望昏暗的四周，指了指，"喏，就在那！"

"很近呢。"女学生笑着，推着我前行，每一步都小心翼翼。

很快到了楼前，女学生把我推进了楼道里。

"奶奶到家了，谢谢你啦！"我不知道用什么语言表达谢意，"瞧，你自己都淋湿了，快回家吧！"

"奶奶，我扶你上楼吧！"女学生一脸的诚恳。

"不，不用，"我慌忙摆了摆手，"你早点回去，爸妈会着急。"

"那好吧，奶奶，再见！"女学生甜甜地朝我一笑，挥挥手，奔向雨中。

目送着七彩云渐渐消失，我望了望陌生的楼道，不争气的泪水弥漫了眼眶。

外面的雨似乎小了点，我摇着轮椅出了楼道口。

我要赶紧回家，到家还要过两条马路。

门口，一位穿保安制服的小伙子跑过来，撑起一把雨伞，推起我，"刚才有位女学生出门，和我说如果你有需要，让我帮助你。"

雨过天晴，天边升起七彩云，景色很美。

（本文刊发于《文学百花苑》2018 年第 1 期、苏里南《中华日报》2021 年 4 月 3 日、《山西晚报》2021 年 4 月 12 日）

谁之过

接听完电话后，我心神不定，锅铲差点掉在地上，菜也炒糊了。

晚饭后，我走进儿子的房间。

"最近学习怎样？"我控制住情绪，轻声问。

"嗯，还，还行。"儿子抬头，敷衍着，"你出去吧，别打扰我写作业。"

"怎么感觉你像变了个人似的呢？"看他一副满不在乎的神情，我提高嗓音，"刚才班主任都跟我反映，你最近上课精神萎靡，经常打哈欠，成绩下降得厉害。"

儿子脸一红，头一低，不吭声。

"怎么回事？"我厉声质问，"你一向听话，懂事，成绩也不错。"

儿子低头沉默，好久，才支支吾吾地说："看短视频。"

"短视频？"

儿子点了点头。

原来儿子看短视频入了迷，平时经常拿我们的手机看。最近几天定了凌晨三四点钟的闹钟起床，然后偷拿我的手机，看短视频直至五六点，再悄悄放回。

"为什么？"我又气又急。

"短视频太有趣了，同学们都在玩。我也注册了账号，上传视频，每天涨不少粉呢。"

瞧他那得意的样子，我举手想给他一记耳光，手却停留在半空，脑海里不停翻滚。

儿子沉迷短视频，喜欢和粉丝互动，远胜过和我们父母之间的沟通。谁之过？平时，我和丈夫不也老捧着手机看短视频，陪儿子的时间，少之又少。

一阵燥热飘上脸颊，轻轻地，我把手落在儿子头上，抚摸了几下。

当着他的面，"啪"地一按，删除了短视频APP，从书架上抽出一本久违的书，对儿子说："今天开始，你做功课，爸妈陪你看书。"

儿子伸出右手，翘起小拇指："拉勾！"

（本文刊发于《乐陵市报》2021年4月15日）

抚摸你的背影

蒸鱼，炖鸡，煮肉……李奶奶和老伴在厨房忙碌着。

空气里弥漫着节日气氛。

"叮铃铃"，手机响了，李奶奶接听后，阴沉着脸，满脸皱纹拧成一团。

"他们有事不来了。"李奶奶气呼呼地告诉老伴。电话是女婿打来的，奇怪的是，平时挺亲热的女儿连个声也没出。

老伴拨打女儿手机，忙音。老两口四目对视，愣在那里。鱼蒸老了，肉煮烂了。

今天大年初二，按惯例，是女儿全家回娘家的日子。

客厅里电视一直开着。突然，李奶奶一路小跑，直奔电视，戴上老花镜，瞪大双眼，脸庞几乎贴着屏幕，颤巍巍地伸出布满老年斑的右手，抚摸起屏幕里站在国旗下最前面那人的背影。

"你中了哪门子邪？"老伴急了。

"瞧，是女儿！"

"穿白衣服的人多的是，你咋认定？"

"我认得她一高一低的肩膀和瘦弱的背影。"李奶奶哽咽了。

电视里传来铿锵有力的领誓声音："我自愿前往……"

"听听，女儿独有的沙哑嗓音。"李奶奶露出胜利的微笑。虽然，女儿戴着口罩，全副武装，背对自己，但李奶奶听出了这熟悉的声音。

"真服了你。"老伴说，"别太激动，坐到沙发上，我们慢慢看。"

现在播放的是关于本地援鄂医疗队的新闻。

几颗浑浊泪珠在眼眶里打转，老两口硬是没让眼泪流出来。

"亲爱的女儿，好样的，有国才有家！爸妈等着你回家，做一桌你爱吃的菜。"

望着窗外那树腊梅，已冒出一粒粒嫩芽，萌发着春意，寒冰终会融化，李奶奶想着，想着，咧嘴笑了。

（本文刊发于《平度日报》2020 年 2 月 25 日）

晚饭和夜宵

每天晚上八点钟前，一个中年男子准时开着一辆小货车，经过一所灯火通明的学校后，停稳车。男子下车，提着一袋鼓鼓囊囊的东西，熟练地从树丛里推出一只装着四只轮子的铁桶。点火，生炭，很快，炭火把铁桶烤得红通通的。

他小心地从袋里拿出一个个红薯，放进桶里。寒风吹过，男子跺着脚，双手放在铁桶上，哈着气，取暖。

"叮铃铃"，学校晚自习的下课铃声响了，一个个背着书包的初中生走出校门。男人站在校门口，目光始终在寻找着什么……突然，他开心地咧嘴笑了，连忙从桶里掏出一个又大又红，还飘着香气的红薯递给一位高个子的男孩。

"爸，你怎么又来了？"男孩嗔怪着，把红薯递给了旁边的同学，男子又递上了一个剥了皮的红薯，"趁热吃吧。"

"爸怕你又吃旁边的烧烤、油炸食物，不卫生，也不营养。"男子唠叨着，"我刚从工地回来，反正要来接你，顺便准备你的夜宵。"

"爸，你也还没吃晚饭吧？"男孩把剥了皮的红薯塞进男子嘴里，"吧嗒吧嗒"，男子吃得可香了。

男子又给了男孩几个红薯，分完后，熄火，把铁桶推进树丛，锁好。

"咱明天烤土豆怎么样？"男子一边问，一边载着男孩离去。北风呜呜吹起来……

（本文刊发于《江苏工人报》2021 年 3 月 12 日）

这是我的职责

那天在路口，你遇上晃悠悠骑着摩托车的老吴，冲他敬个礼。"靠边，熄火，请出示驾照。"

你闻到异样的气味，拿起检测器。"酒后驾车，罚款一千，暂扣驾驶证六个月。"你说。

"这玩意准吗？我就抿了口酒。"老吴脸涨得通红，申辩道。

你微笑不语。

老吴发动摩托车想跑，你像路旁松树般笔直挺在车头。

老吴谩骂，动手。折腾半天，你扣了老吴驾照，开了罚单，告知老吴："十五天内去银行缴款。"

你叫了出租车把老吴送回家，老吴朝你远去的背影狠狠地吐了口痰。

一星期后，你根据驾照地址，来到老吴家，在他喷火的目光中，掏出一个信封，塞入他怀里。

老吴打开呆住了，是几叠百元大钞。

你笑笑说："大伯，你家情况，我们都知晓了。"

那天，一位老妇跑到你执勤的地方，拿着罚单悄悄问："同志，可以少交一百元，我留着买药吗？"

你一愣，交谈后，得知她是老吴老伴，去年查出淋巴癌，动了两次手术，掏空了家底。

你回去后，发动全局员工捐款。并不宽裕的你，带头捐出五千元。

当年你穿上警服，就明白自己肩负的职责。"但人心都是肉长的。"你说。

你送完捐款，返途临时处理一起车祸，天黑雾浓，被后车司机撞倒，笑容永远留在那晚。

那天是你一个月里仅有的几个休息日。

全城百姓自发送走了你后，交通秩序骤然好转，道路通畅，行车礼让。红绿灯下，戴着红袖章的老吴颇有你认真执法时的几分风采。

竞争与生存

城市夜晚灯火辉煌，网红店、炸鸡店、烧烤店等店外聚齐着一大群穿着"黄色战服"的外卖员和"蓝色战服"的外卖员，分为两队，在灯光照耀下格外醒目。他们或坐在电动车后座，或徘徊在店外，或站在店内，手里都拿着一只或两只甚至三只手机，紧盯着看。

天越冷，人越懒，喜欢点外卖。"叮咚，你有新单了。"随着店内电子亲切的铃声响起，外卖员们铆足劲抢单。

一位蓝衣外卖小哥手疾眼快，抢到了单，拿起食物袋，开心地骑车飞驰而去。紧接着，一位黄衣外卖大叔也接到了单。两辆闪动着小彩灯的电动车在夜色中一前一后，相互追逐。突然，蓝衣外卖小哥的车轮被路旁一个小土堆绊倒，几个跟跄，摔倒在地，起不了身。后面的黄衣外卖大叔刹住车，下车跑过去，扶起小哥，亲切地问："你要紧吗？"

"没事，没事，我坐着休息就好。"小哥望着摔出乌青的腿，面露难色地说，"只是送餐要迟到了。"

"没关系，你这个地方，我顺路。"大叔说，"我帮你送吧。"

"这，这……"小哥瞧瞧自己的蓝衣服，又瞧瞧大叔的黄衣服，声音哽咽了，"那麻烦您了。"

要知道为了多抢单，黄蓝两个竞争团队没少吵过架，年轻气盛的小哥甚至动过手。

大叔也认出了这个冲动的小伙子，憨憨一笑。"嗨，都是出来打工的，别见外。"

一份本该蓝衣外卖员送的外卖由黄衣外卖员送到了客户手中。客户很惊讶，听了大叔的讲述，给了五星好评。

慢慢骑着车的蓝衣外卖小哥收到好评，在寒风中，泪流满面。

小雪腌菜

又到"小雪腌菜"的时节，家家户户忙碌起来。

八十岁的邢奶奶去了菜场。望着品种繁多的白菜，邢奶奶挑花了眼，幸亏有好心菜老板指点。

"老头子，快出来。"还没到家门口，邢奶奶就喊。寒风中，声音传得老远。

邢爷爷没有出来。"哦。"邢奶奶一拍脑袋，露出一丝苦笑。

邢奶奶把白菜挂满衣架，晒在太阳下。几天后，邢奶奶搬出一口老缸，一层盐一层菜地铺起来。

邢奶奶脱下鞋和袜子，弯下腰，踩进缸里，丝丝凉意从她脚底透到心头。"原来踏腌菜这么难受。"邢奶奶想着，不留神，差点摔跤，幸好被一双手扶住了。邢奶奶定睛一看，原来是邻居朱大伯。

"哎，你一个老婆子踏什么菜？"朱大伯说，"让我来。"

恍惚间，邢奶奶觉得老头子回来了，又在光着脚踏腌菜。还记得邢爷爷第一次烧腌菜，邢奶奶吃不惯，还吐了呢。

不争气的眼泪把邢奶奶拉回了现实，今年夏天邢爷爷患病走了。

看着朱大伯光着脚利索地在缸里"吭哧吭哧"踏着，菜叶发出欢快的"吱嘎吱嘎"声。踏了一个多小时后，用大石头压严实。

邢奶奶心里一阵酸楚，两家虽说是邻居，但为了地基闹了十几年矛盾，很久没说话了，今日多亏朱大伯出手，不然自己犯了高血压昏倒都没人知道。邢奶奶用衣袖抹了抹眼泪。"他大伯，累了，歇会儿，喝口茶吧！"

半个月后，邢奶奶用腌菜和笋片烧了盘"炒二冬"，香气扑鼻。她端着盘子，蹒跚地来到一座新坟前，"老头子，尝尝我腌的冬菜吧。"邢奶奶抹着眼泪说，"不，是老朱帮我的。只要喜欢吃，明年还给你做……"

穿越千年的记忆

938 年，南唐后主李煜用挖河的沙土，高高筑起一道团城墙，以保卫自己羸弱的国家。从此，在我的记忆里有了一道保护墙。不过，南唐很快灭亡。土筑的城墙，终究经不起岁月侵蚀，变成残垣断壁，我的记忆也变得支离破碎。

1362 年，明太祖朱元璋选取长荡湖畔的白金山青石，层层叠叠，重新修筑了团城墙，他幻想自己的江山固若金汤，千秋万代。然而历经兵荒马乱的明清，军阀混战的民国，朝代的更替，石筑的团城墙也摇摇欲坠。而我的记忆依旧模糊沉寂。

1937 年，在侵华日军飞机炮火轰炸下，团城墙夷为废墟。我低声叹息，悲声呜咽。记忆里充满着屈辱和愤怒。

1949 年 10 月，一个雄伟的声音像一道温暖的阳光，唤醒沉睡千年的我，从此我的记忆又开始充满新生的希望。

几十年光阴，我目睹了一座古老县城，凤凰涅槃，焕发勃勃生机。我的记忆填满辉煌成就。

2017 年，当一道崭新的团城墙再次在我身旁耸立时，我惊喜地张望着周围的一切新景象：清晨，锻炼的人们打着绵长的太极；中午，各地游人们纷至沓来，驻足观赏；傍晚，大妈们跳着欢快的广场舞；深夜，闪烁的彩灯，五颜六色，照亮我的不眠之夜。

我欢笑着，我明白再无须担惊受怕了——用民心浇筑的团城墙是坚不可摧的。

我是团城墙下的护城河，潺潺向东流，穿越千年风雨，只为见证溧阳城的沧桑巨变。

羡慕

小蜜蜂跟着妈妈，整天忙个不停。

一天，小蜜蜂抱怨道："蜘蛛叔叔为啥舒舒服服睡觉，美味却能主动送上门呢？"

蜂妈妈望了眼呼呼大睡的蜘蛛，笑着说："他能坐享其成，还不靠着那张关系网！"

狂风暴雨过后，蜘蛛连同他的网被吹落在地，掉进臭水沟。

"你还羡慕吗？"蜜蜂妈妈问。小蜜蜂摇摇头，拍拍翅膀，忙着采蜜去了。

（本文获 2018 年广东省和平县廉洁小说大赛三等奖、刊发于《河源日报》2019 年 4 月 4 日）

人生如画

你游遍名山大川，独钟情富春山水，晚年隐居于此。

你不辞辛劳，奔波在两岸，深入细致观察，观烟云变幻之奇；真实体验，领江山钓滩之胜。

你用纯青技艺，挥毫泼墨，只见丘陵起伏，峰回路转，江流沃土，沙町平畴。近树苍苍，疏密有致，溪山深远，飞泉倒挂。亭台小桥，各得其所，人物飞禽，生动活泼。景随人迁，人随景移。

倾注七年心血，直至谢世前，你才完成此画。

你不曾料到——

后世书画家、收藏家，乃至帝皇权贵，对此画推崇备至，争相以收藏此画为荣。

后因收藏家酷爱，惨遭焚烧之灾，引发"富春疑案"，弄得乾隆皇帝神魂颠倒，误判真伪。如今，它前段藏于浙江，后段却在台湾，隔着长长海峡，无法合璧。

这画如你人生，历尽沧桑，命运多舛。

南宋末期，你出生后，父母早逝，家贫无依，过继他人为子。

十一岁时，南宋覆灭，你成为元朝子民，处于最低地位。

你胸怀大志，满腹经纶，但无用武之地。

直至中年，你受人举荐，做了小官，但正直敢言，触犯权豪，被诬坐牢。

出狱后，你已年届半百，自感一事无成，从此不再过问政事，学道卖卜，书画交游，浪迹江湖。

七十九岁高龄的你，动笔绘制此画，期间又留下一大批书画杰作。

你向世人证明：只要努力，人生最差结局，不过是大器晚成。

你叫黄公望，此画便是《富春山居图》。

第二部分　精彩小小说

中国微型小说学会

　　小小说也称为微型小说，它的显著特点是篇幅短小、人物少、故事情节简单，只截取生活中具有特殊意义的某个片段或某个场景进行横断面描写。在艺术处理上，对情节、环境不做精雕细刻，只集中精力描绘人物和深化主题。节奏变化紧凑，构思结构精巧，能做到"小中见大"的艺术效果。字数上有严格要求，一般一千五百字，最多不超过两千字。

芳华

那晚，文琴姐看着《芳华》，掩面哭了。

"难得请妈看回电影，非要把妈整哭了。"回家路上，文琴姐低声嗔怪着女儿。女儿"咯咯咯"笑个不停，她哪能领会从不轻易哭的母亲，也曾有过自己的芳华。

一九八二年的夏天异常炎热，文琴姐的内心格外冰凉，第二次高考又落榜，她把自己闷在家里。老实巴交的父亲翻出一只折得四方，洗得干净，淡绿帆布上绣着花白补丁的邮包，递给文琴姐。"人民邮电"四个大字清晰可见。

"闺女啊，这是你爷爷留给我的，你还是接着干这呗。"

于是十九岁的文琴姐接替父亲进了县邮电局。

爷爷和父亲都是乡邮员，一辈子骑着自行车，穿行在一个个小山沟里为乡亲们送信送包裹。一年冬天，爷爷为救落水少年献出了生命。十八岁的父亲接过爷爷的班，一接就是四十年。

当时邮电还没分家，邮电局员工捧的可是一只铁饭碗，穿一身邮电绿是无数年轻人梦寐以求的。尤其是话务员这个岗位，更是香饽饽。在没有程控电话和手机的二十世纪七八十年代，每一个电话都是通过话务员手接和口述传播到四面八方。因此，员工都希望捧上这只铁饭碗。而邮政业继承了"函包汇发"传统业务，种类繁杂要求高，特别是一些农村支局所，一个营业员就撑起整个邮电所，加上来办事的人多，常常忙得饭都来不及吃。

实习结束，文琴姐主动请缨去了偏僻的小山村邮电所，"那里留下了我爷爷我父亲的足迹，和咱家感情深。"她将本很有希望留在县局话务员的岗位让给了一起进单位的秋香。秋香的父亲独居县城，卧床患病多年，需要人照料。

那天，天刚蒙蒙亮，文琴姐骑了一个多小时的自行车，早早来到所里。拖地，擦窗，摆桌，忙得不亦乐乎，一身崭新的墨绿色职业装出现在晨雾缭绕的小山村中，显得分外靓丽。

从清晨开门迎接第一位村民，到黄昏欢送最后一位顾客，文琴姐脸上始终带着微笑，说话也和声细语，她明白微笑就算不能立马解决问题，至少不会增加别人等待的烦恼。

寄信，贴邮票，发电报，汇款，收包裹，订报纸，文琴姐一整天都在忙碌中度过。看着一个个村民满意地离开，文琴姐心里比蜂蜜还甜。

开门，营业，结业，盘账。日复一日，年复一年，文琴姐打得一手好算盘，还练就了一分钟点五百张纸钞的绝活。文琴姐的美好年华缓缓流淌在小山村宁静的岁月中。

文琴姐把自己留在了小山村，也把心留在了小山村，她嫁人了，嫁的是当地村里的转业军人，这样她才能安心为村民服务。

"不愧是老胡家的孩子啊！"村民们提起文琴姐就直竖大拇指。

日子像从指尖慢慢漏出的细沙，不经意间悄然滑落。转眼到了一九九八年，春天里，邮电正式分营。当时文琴姐三十多岁了，已经在县城的邮电所做了主任。丈夫因为工作需要调到了县城某机关。

电信业务虽然早没了话务员，但仍吃香，家里想装部座机，都要提前大半年登记排队，有些人实在等不及了，便偷偷塞条烟。相比之下，邮政随着传统业务没落，新业务刚起步，前景未卜。人人都挤破脑袋想留在电信局。

文琴姐犹豫了。那天父亲进城，丢了一句话在柜台："咱老胡家三代的根在邮政。"

文琴姐留在了邮政。

随着时代的发展，邮政一些业务如寄信件、邮票不断创新，新型业务层出不穷。文琴姐从不服输，也不服老，便重新开始学习，很快，熟练掌握了电脑操作，打字依然如当年点钞那般快。每年的储蓄、分销、贺卡、报刊等任务，文琴姐都带领营业所的姐妹们迎难而上，收获硕果。

时间就像一张网，你撒在哪里，收获就在哪里。文琴姐把所有时间都撒在发展业务上了。太忙，休息也就成了奢侈。因为抽不出时间照顾家庭，加上在县政府部门当一把手的丈夫出轨，她离了婚。

离了婚的文琴姐，又经历了邮政内部几次改革，因为业绩突出，分公司想调文琴姐到市场部任职。文琴姐却婉拒了好意，"我还是习惯冲在一线，我和我的姐妹们有感情，我还可以带一带她们。"

这一带又是十多年，过了年，开了春，五十五岁的文琴姐要退休了。

"从来不需要想起，也从来不会忘记……"

攥着省公司刚颁发的工作三十五年荣誉证书，文琴姐想起电影里的台词，泪如泉涌。

[本文刊发于《小小说出版》2018年第1期、《南方法治报》2018年8月24日、《信》2019年第2期、《富春江》2022年小说专刊、《小小说选刊》2018年第16期转载、入选《2018年中国小小说精选》（长江文艺出版社）、《2018中

国小小说年选》（花城出版社）、《2018中国文学佳作选（小小说卷）》（华文出版社）、《中国微型小说读库（第一辑）》（上海文艺出版社）、入围2018年中国微型小说学会年度奖）]

吴老汉的春天

冬至一过，在年猪阵阵嗥叫声里，小山村的年，陆续拉开了帷幕。

昨晚一些乡亲接到去吴老汉家帮忙和吃杀猪饭的口信，不敢相信自己的耳朵。这不，天还没亮透，大伙们迈着疑惑的脚步，来到村头的一间土坯房。

房子内外一片亮堂堂。吴老汉穿着补丁衣裤，陈旧，但干净整洁，夹着一根烟，笑眯眯的，见大伙来，忙递上烟。吴老汉的老伴正往灶里添柴火，大锅里烧着滚水，"咕噜咕噜"冒着泡。

屠夫磨完刀，叫上三四个男人，费了老大的劲，把一头肥猪从圈里赶出，合力抬起，往杀猪台一放，死死按住。肥猪动弹不得，直哼哼。

女人们帮着择菜、洗菜、淘米。吴铁蛋，是吴老汉的儿子，睁着惺忪双眼，跳进跳出，快乐地像只小鸟。眼瞅着屠夫将尖刀利落地捅进肥猪喉咙，吴老汉赶紧接上脸盆，殷红的猪血，热腾腾地流进盆里。

烫猪，剃毛，过秤，整整三百六十斤重。

"不错，今年自家准备留几斤肉呀？"乡亲们打趣道。

"不卖，不卖，全留。这不，咱请大伙来吃顿杀猪饭热闹热闹。"

"你真舍得？"

"舍得，舍得。"吴老汉拍了拍胸脯。

肥猪被大卸八块，白花花的肥膘，红彤彤的精肉，很是诱人。

太阳爬上半山腰，屋内热气腾腾，香味四溢。八仙桌上摆放着红烧肉，香辣猪肚，大蒜炒猪肝，排骨炖萝卜，油炸花生米，炒青菜，煎鸡蛋，猪血豆腐汤，一碗碗厚实菜肴。

"开饭了没呀？"铁蛋一脸猴急，捞了块红烧肉，塞进嘴里，往外面跑。

"小兔崽子，你急啥，等等，咱有贵客还没到哩。"

"是你的老相好吧？"乡亲们哄笑着。

吴老汉脸上一红："瞎说个啥啊。"忙跑到村口头张望着。

亮闪闪的日光里，走来一个夹着公文包，推着自行车的人。

"快，就等你了。"吴老汉立马迎上去。

"不好意思，有事情来迟了，给您道喜啰。"来人话还没说完，就被吴老汉一把拉进屋，按在上座。

开席了，吴老汉给乡亲们一一倒满自家酿的高粱烧酒："咱先干了。"

"你悠着点喝嘛。"乡亲们劝说。

"不，不，今天我得劲。"喝了酒的吴老汉，打开了话匣子，"往年过冬至啊，别人家杀年猪，我心里蛮不是滋味，小孩子更是馋得不行。今年就不一样了，咱不缺这千把块钱，也杀头猪来过年，大伙吃顿杀猪饭，高兴高兴。"

吴老汉起身，端起杯子，转向紧靠自己坐的那人说："金技术员，没有你，就没有咱今天这好日子。"吴老汉有点哽咽，眼眶红了起来。

五十多岁的吴老汉，大字不识几个，身体有残疾，外出打工没人要，想搞点副业也没有本钱。老伴几年前生了场重病，欠了一屁股债。一家三口一直靠着村里救济金稀里糊涂地过日子。贫困户的帽子一戴就是十几年。乡亲们有时请他去吃杀猪饭，他也从来不去，怕回请啊。吴老汉几次为了多拿些救济金和村干部吵吵闹闹，成为远近有名的"刺头"。

前年，乡政府开展精准扶贫，县农业农村局的技术员小金成为吴老汉村里的驻点干部。经过多次实地考察，小金建议吴老汉搞一下烤烟种植。

"瞎搞啥？"当时吴老汉一听，气呼呼的，"咱这地能种这个？你懂啥，要知道咱在土里忙活时，你小子还穿着开裆裤呢。"

小金脸一红没说话，出了门。

当吴老汉瞧见一株株绿油油的烟禾苗摆放在他家门口前，他还是瞪大了眼睛，说话口气毫不客气："小子，我们说好了，种赔了我不管你的本钱，你还得倒赔我一年的辛苦劳动费。"

同去的村干部都觉得吴老汉在耍无赖，小金却笑着点了点头。

一年里，经过小金手把手地悉心指导，烤烟获得大丰收，小金又忙着寻找销路。

手里攥着一叠票子，还清了陈年旧债。吴老汉咧着嘴，笑了。

尝到了甜头的吴老汉，去年通过小金多方联系，又承包了外出务工人家几块闲置土地，扩大了烤烟种植面积。一年后，吴老汉手头终于有了可以自由支配的闲钱。

"说心里话，我以前害怕过年，如今变得盼望过年啦。"多喝了几杯的吴老汉，一脸欢喜，拍拍坐在一旁的小金肩膀，"你可是我的大恩人呐。"

小金呵呵一笑："吴大伯，这是咱的工作职责所在，您别客气。"

这顿杀猪饭一吃，吃到晌午："我们明年再聚噢。"带着一丝醉意的吴老汉站在屋前，挥着手，望着金技术员和乡亲们远去的背影，眼眶湿润了。

过了年，开了春，吴老汉准备大干一年，翻修一下破房子，添置一些家具。

金色的阳光毫不吝啬地洒向小山村各家各户，吴老汉将迎来又一个美好的春天。

（本文获 2018 年文学百花园第二届"春天的故事"全国征文大赛二等奖、刊发于《史河风》2019 年春季刊）

大厨阿珍

浙北的一些乡村，每逢家中有喜事或丧事，都要请大厨来掌勺做席。村里人评价厨师水平不光看菜要烧得好，还要看谢厨礼在不在行。

谢厨礼从明末清初便开始流传。宴席中，掌勺的大厨为了答谢主人家照顾生意，同时为了能多接到几家宴席的单子，便在宴席上亮一亮相，唱祝酒词。祝酒词要根据不同宴席，唱不同的词。红事唱祝福欢快喜庆的词，白事唱缅怀的词。唱完一段词，要干一碗白酒。

你可别小看了谢厨礼，若是哪家宴席上少了谢厨礼或礼行得不到位，客人们在离席前，会上来一句："菜未到味，酒未尽兴！"操事的主人家会很损脸面，有的主人家会另请大厨重新摆席，当厨的大师傅也会很久接不到下家的活。

当地最有名的大厨是阿珍，也是当时唯一的女大厨。

阿珍成为大厨，全因她爹意外摔断了手。

阿珍爹是乡村里远近闻名的大厨，经常被邀走南闽北。阿珍爹本想把一身的本事传给儿子，偏偏儿子不感兴趣。倒是阿珍成天屁颠颠地跟着父亲，跑龙套打下手，偷偷记下爹烧菜的一招一式。阿珍帮爹忙完活，便拿起大勺，学着爹的样子，翻翻炒炒，然后悄悄地喊一嗓子："糖醋排骨，走菜……"叼着烟卷小歇的爹脸上就会露出爱怜的笑意。

那日为一家大户人家做婚宴，阿珍爹在准备食材时意外摔倒，折断了胳膊。眼见开宴在即，阿珍爹急出了一身大汗。

站在爹身旁的阿珍，抬起头，怯怯地说："爹，让我试试呗？"

阿珍爹用怀疑的目光审视着阿珍，在浙北乡村，女人家是不能抛头露面掌大勺的，会被人耻笑，也会找不到婆家。可眼下情景不等人，阿珍爹也顾不了许多，便把大勺交到了阿珍手里。接过大勺的阿珍，顿时像换了一个人，全神贯注，烹炖煎炒，样样在行，站在旁边指导的阿珍爹都不时地瞪大了眼睛。阿珍烧菜忙得满头大汗，客人吃得满心高兴，直夸大厨手艺高。

最后一道菜端上桌，阿珍擦擦脸上的汗，坐在凳子上，才觉得自己的腿还在不停颤抖。

当吃舒心的客人吆喝着要大厨出来行谢厨礼时，阿珍傻坐着，不停地搓手。

阿珍爹赶紧叫阿珍起身，让她扎起围裙，左手执长勺，右手端着一碗白酒，走进堂屋内。

阿珍爹陪着阿珍弯下腰，鞠了一躬说："我手意外折伤了，今日菜肴全出自小女之勺，有不到之处，请各位多多包涵……"说完，拿过阿珍手里的酒碗，仰头，一饮而尽，抹一把沾在胡须上的酒珠子。

客人们吃了一惊，没想到这么好吃的菜居然是个黄毛丫头烧的。

阿珍清了清喉咙，开唱：

"婚宴美酒喷喷香，贵客个个喜洋洋。一杯一杯再一杯，举杯畅饮心花放。

"同歌鸾凤饮美酒，花好月圆映景秀。三杯两杯喝不醉，一醉方休为亲友……"

阿珍足足唱了五分钟，客人叫好声，一阵高过一阵。主人家长足了面子，满心欢喜。好几户当场就和阿珍爹订下了宴席单子。

阿珍一战成名。

阿珍爹开始正式把厨艺传授给阿珍。

先学谢厨礼，天不亮，阿珍就起床，站在窗前背词，练得舌头麻木，牙齿打战。

比学唱祝酒词更难的是喝酒。

阿珍逼着自己练酒量。开始，抿一小口，呛得她吐出来；抿一小口，辣得她掉眼泪。半个月后，能喝一大口。一个月后，喝一大碗不皱眉。

阿珍出师了，开始自己接活。阿珍只接喜庆的活，不接丧宴活。阿珍心软，见不得眼泪，给再多的价钱也不去。阿珍凭着一支大勺，给自己炒回了一副嫁妆，她嫁人了。

烧菜是个技术活，同样的食材经过阿珍的手，味道就不一样。就说每宴必有的梅菜扣肉吧，别的师傅做出的油性大，肥腻。阿珍做的就与众不同，半公斤肉经过油炸后，只剩下四两半，加梅干菜翻炒，蒸三小时左右，撒上自制香料，吃起来油而不腻又很香，入口即化。

会烧、善唱、能喝的阿珍成了村民们争抢的头牌大厨。

看似平静的生活某一天露出了凶相。阿珍的丈夫出工时摔成重伤，瘫痪了。

阿珍擦干丈夫的眼泪，拍拍胸脯："放心，有我，家塌不了。"

阿珍开始多接活，再远的山村也去，有时连着几天在外做宴席，累得只剩下喘气的气力，可只要有活，她又抖抖精神，继续上阵。

丈夫看她辛苦，劝她要不就接丧事的宴席，阿珍总是摇头。

阿珍唯一唱过的白事祝酒词，是在自己爹的丧宴上。

阿珍爹没等到八十大寿，过世了。阿珍亲自掌勺，把爹传授给自己烧菜的样数统统做了一遍。

谢厨礼上，阿珍破天荒唱了祝酒词。

"一杯酒儿敬家严，接来四个老古人。彭祖活了寿八百，果老二万七千春。洞宾老祖三千二，令婆牙掉又重生。"

阿珍仰头，一碗白酒干脆落肚。

阿珍连唱五段祝酒词，连干五碗白酒，眼泪尽情流淌。

阿珍六十六岁因病去世，她留给儿女的最后一句话是："人哪，不想认命就只有拼命。"

浙北乡村再无女大厨。

〔本文刊发于《洛阳晚报》2019 年 2 月 13 日、《信》2019 年第 2 期、《百花园》2019 年第 10 期、《小说月报》2019 年第 12 期、《芒种》2020 年第 2 期、《富春江》2022 年小说专刊、入选《2019 年中国微型小说精选》（长江文艺出版社）、《中国文化元素阅读丛书（民俗卷）》（大象出版社）〕

城里的蚂蚁

我和往常一样载着主人和几十个兄弟们兴冲冲地奔波在归途中。

俗话说：三月天，孩子脸。刚刚还是晴空，突然就变天了，云朵像巨大的铅块黑沉沉压下来。顷刻，几道明晃晃的闪电划破天际，发出可怕的咆哮，狂风卷着暴雨像无数条鞭子，狠命抽打我和主人的脸。

主人停止前行，忙找了一家商铺屋檐躲雨。主人拿出雨衣，不知是雨太大还是雨衣太单薄，雨水还是拼命往主人衣服里钻，转眼都浸透了。风雨中，我看到主人拖着湿漉漉的身体，拿出塑料纸把一个又一个兄弟包裹得严严实实，俨然像个临危不惧的将军。

雨小些了，主人冒雨带着我回大本营，处理好兄弟们，赶紧拿毛巾把我全身擦了个遍，脸上露出一副怜惜样。"阿嚏！阿嚏！"我听见主人响亮的喷嚏声。明天怕是见不到主人了吧，我想。第二天，我却兴奋地看到主人又朝我走来，只是嘴上多了一副雪白的口罩。

今天我们来到一个小区，小区小得唯一进出的小路两旁横七竖八地停满了车，好多还是豪车。主人小心翼翼带着我走迷宫似的进了小区，然后脚步匆匆上楼，小跑着下楼，即将安全离开小区时，很不幸，我庞大的身躯和一辆路虎的尾部亲密地接触了一下，我用尖尖的尾巴在它车尾留下了一道深深的吻痕。

我一下蒙了，心想主人赶紧逃吧，反正四周无人，也没有安装监控。但主人站在原地，冷静地拨打电话。不一会儿，下来一个粗壮的男人，瞧了瞧自己的爱车，嗔怒写在脸上。"大哥，别生气，多少钱，我赔吧。"主人面不改色，毫不犹豫地说。我张大了嘴巴，想叫也叫不出，主人啊，那可是路虎，一百多万身价，就是车尾补个油漆也要一两千元吧？主人你赚的钱可是血汗钱，不容易啊。

我像做错了事似的耷拉着脑袋偷偷望了望主人——他刚毅的脸上透露着倔强。

"哦，你当过兵？"男人突然问主人，原来他看到了主人掏钱包时，里面夹着当兵时的照片。

"是，在新疆喀什，退伍十多年。"主人淡淡一笑。

"我也是，离开军营快二十年啦，战友啊，缘分！"男人和主人聊开了。

"别赔了，我自己叫保险吧，你也不容易。"男人大度地说。

主人却坚持掏出一千元，说是不能给军人脸上抹黑。

这次事件后，我和主人的感情更深了，感觉谁都离不开谁了。但有一次主人却把我弄丢了。

那天上午，主人带着我来到一幢竣工不久的写字楼，我东张西望，感到有点陌生，有点荒凉。粗心的主人"噔噔噔"大步流星上了楼，却忘了拔下插在我脑袋上的钥匙。迷迷糊糊间，我发觉有人拧了我的脑袋，驾驶着我慌慌张张地闯进一个小胡同，"砰"的一声，我的身子居然被卡在狭小的巷道里，把我硬生生蹭掉好几块皮，疼得我怒视着正冲着我坏笑的那个留着稀疏胡子的家伙。"救命，主人——"我此时想大声呼叫，却恨自己没有嘴，只能眼睁睁看着贼眉鼠眼的家伙把我身体里的兄弟们粗鲁地拽出来，胡乱地装进一只黑乎乎的麻袋，一番张望后，竟然把我扔下，从另一个出口溜走了。

我无助地闭上眼睛，时间慢慢流逝，等我再次睁眼见到主人时，太阳公公已经升起有三根竹竿那么高了。

我听到主人急促的喘气声和嘭嘭的心跳声，我看到主人布满血丝的眼睛和凌乱的头发，我感受到主人身体的疲惫和神情的愤怒。我的眼眶不禁湿润，当然主人是发觉不了的。主人拼了命地徒手把我从巷道里救了出来，看了看我的划痕，轻轻地抚摸一遍，脸上满是心疼，急忙带我去医治。

下午，主人留下我养伤，独自一人走进了派出所，然后又挨家挨户上门去。我明白，主人至少三个月的收入泡汤了，接下去要靠方便面度日了。

尽管命运时不时跟我和主人开些玩笑，但主人仍然乐观。每天，主人带着我奔波在路上。还有千千万万个像主人一样的人，总是在和时间赛跑，像蚂蚁般穿梭在城市的大街小巷，为了自己的目标不停忙碌着。

对了，忘了介绍我的主人，他是个高高瘦瘦的帅小伙子，短短的头发，炯炯有神的眼睛，黝黑的脸上总挂着笑容。

他是个平凡而普通的快递员。

我是他的好助手——一辆电动三轮车。

（本文刊发于《文学百花苑》2018 年第 3 期、《信》2018 年第 1 期、《小小说家》2018 年第 6 期）

山爷

年逾古稀的山爷，站在自家茶山上，身板如松树般笔挺。

山爷随手掐了一片茶芽，丢进嘴里，细细嚼着。

"嘿，今儿又是一个忙春。"

望着采茶工们忙碌的身影，山爷捻了捻花白胡须，乐呵呵地自言自语。

采茶这活，太累人，山爷年迈，体力不济，只能雇人。炒茶，山爷从来是亲力亲为。

这不，吃完早饭，山爷便忙碌开了。他在地上铺开几张竹席，拿起一只大竹筐，倒出昨天晒过一遍的新茶芽，一边倒，一边扒拉，均匀晾晒。

晌午时分，山爷踱到厨房间的炒茶灶前，往小马扎上一坐，劈柴生火。柴是松木块，烧起来香气扑鼻。

灶上嵌着生锅、二青锅、熟锅三口锅，倾斜相连，锅底锃光发亮。这是父辈传下来的，也是山爷的心头宝。

山爷往灶底点火，添了一把柴，渐渐地，火烧旺了，锅底"吱吱吱"作响，山爷捧起一大把鲜茶芽，双手一翻，茶芽雨点般簌簌落到锅底。

第一锅满锅旋。山爷左右开弓，鲜茶芽在锅底和手掌之间欢快地跳跃，在空中画出一道道美妙的弧线。十几分钟后，茶芽炒得质地柔软，颜色黄绿。

第二锅带把劲。山爷把茶芽移入二青锅，改小火，不停揉捻，拍打茶芽，忽轻忽重。茶芽逐渐皱缩成长条，茶汁黏着叶面，山爷手上黏糊糊的。

第三锅钻把子。山爷扫茶芽入熟锅，摊平，用柴火余热烘烤着。

半小时后，出锅倒入容器，那茶叶，如松针般修长，色泽光润。山爷倒入滚烫的山泉水，泡上一小杯，汤色纯净透明，香气扑鼻，山爷抿了一口，鲜。

傍晚，山爷把炒好的茶封进牛皮纸袋，放入冰箱存放，过一段时间拿出来喝，口感更醇和，香气更悠长。

几十年了，山爷的一双手让铁锅烫出一个个血泡，流血出脓后留下伤疤，老茧布满指间，皮粗肉糙，又黑又丑。山爷不以为然，笑称为"铁砂掌"。老伴很早走了，山爷硬是靠着这副"铁砂掌"，把一双儿女拉扯大，成了才。

如今村里其他茶农们图方便，用上了炒茶机，一天炒上几百斤茶叶没问题。只有山爷坚持手工炒茶。村里人笑山爷老糊涂，落伍了，跟不上时代了。

山爷觉得机器炒制的茶叶，喝着浑身不得劲，少了点灵性。

十天后，山爷绕行十几里山路，换乘三趟公交车赶到镇上，走进了邮政所。

山爷每年的第一茬春茶，别人即使出高价也喝不着。山爷要寄给远方的儿女。儿子留学后在国外成了家，女儿远嫁外省。

寄完包裹，已是中午，山爷无心闲逛，急着回家。刚走到公交站，耳旁传来阵阵嘈杂的尖叫声、哭喊声。

附近一所小学正在放午学，突然，门口冲过来一名披着长发的男子，掏出一把长刀，疯狂地朝一个小学生砍去，而周围的人仿佛被定了身，一动不动。

山爷见状，大喝一声，飞奔上前，右手一把拉开孩子，左手则紧紧抓住那锋利的刀刃。那男子吓了一跳，瞪圆布满血丝的双眼，发觉对方是个瘦弱老头，就发疯似的骂：“你这老家伙，不知好歹，找死啊？”男子拼命把刀往下压。山爷涨红了脸，两手死死抓住刀，纹丝不动。“快报警啊。”山爷大声叫唤，沾了血的花白胡须在风中飘动。

保安和老师这才慌忙报了警。不一会儿，闻讯赶来的民警合力将男子擒住。山爷这才松开双手，他的十个手指，血肉模糊，早已割断了筋，露出骨头……

半个月后，山爷执意出了院。从医生的眼神里，山爷明白，自己的手，无法再炒茶了。

没啥比得上孩子的性命，山爷望着绑着白色绷带的手，想着想着，咧嘴笑了，孩子们才是春天里一茬茬最新最好的茶。

回到家后，山爷一步一步慢慢踱步到炒茶灶前，抚摸着炒茶锅，眼神闪现出不舍："老伙计哟，看来，咱俩都得退休啰。"

只听得背后响起一阵浑厚有力的声音："师父在上，受徒儿们一拜。"

山爷转身，一瞧，十几个村里的中青年汉子，齐刷刷向他行礼。

很快，村里成立了山爷手工炒茶坊，山爷一脸严肃，站在一只只炒锅前，指导着徒弟们一招一式。

山爷炒茶坊的茶，一直很畅销。客户们都说，山爷的茶，喝着才够味道！

（本文刊发于《信》2019 年第 2 期、《小小说大世界》2020 年第 4 期、《上海故事》2020 年第 9 期、美国《明州时报》2020 年 10 月 16 日、《意林文汇》2020 年第 10 期转载）

纸坊传人蒋爷

北宋真宗年间，富阳竹纸被选作御用文书纸和科举考试用纸，素来享有"十件元书纸考进士"的美誉。经过几百年传承和发展，富春大地上涌现出许多能工巧匠和擅长纸品生意的商人。

其中蒋爷的名气最响亮，他不仅造纸技艺精湛，而且深谙经商之道。

蒋爷出生在清末一户造纸世家，十八岁，蒋爷上完学，便跟着父亲学了整整五十年手艺。每次摸着一张张薄如蝉翼的竹纸，蒋爷满是皱纹的脸上便洋溢出丝丝得意，好像是酿酒师酿造出了一坛坛好酒，又像是私塾老师培育了几名优秀的学生。

刚过完了七十岁大寿，蒋爷生了一场重病，痊愈后眼力和体力大不如以前。做纸的七十二道工序不能亲力亲为了，只能在一旁指导。关键几个环节，蒋爷仍亲自出马。

纸好，原料首先要好。遴选上好的青毛竹，蒋爷绝不含糊，计算着日子。待到小满节气前一天，天还没亮透，蒋爷便带工人上了自家山上。来到竹林里，蒋爷只需两眼一扫，在一株株青竹上画上红圈，工人用斧子将竹子砍下。整整几天，蒋爷满山跑遍，那精气神看起来不像是重病初愈的古稀老人。

砍下的竹子经过工人们断青、削青、拷白、浸坯、断料后，便要淋料了。

这料，蒋爷已备齐，早早存放在石槽里。

每年一开春，蒋爷叫上工人，推着一辆独轮车，车两侧放两只大大的木桶，每到一户人家，蒋爷上前敲门，户主打开门，笑着把蒋爷迎进屋，请上座，敬茶，递烟。

蒋爷抿一口茶，抽一口烟，看着户主到内房拎出一只尿桶，"咣咣"倒入木桶。

很快，蒋爷放下茶杯，从口袋摸出一个铜板，搁在桌上，拱手告辞。

"蒋爷，不瞧瞧？"工人小声提醒。

蒋爷头一摇，手一摆："都是厚道人家，不会耍滑，下一家。"

有一年，蒋爷特意叫上年幼的儿子。儿子嫌臭嫌脏，不愿去。"小子，你别瞧不起。"蒋爷正色告诫，"这尿作用大着呢。"

经过洗净的白料，工人们捆扎后放入尿桶，每页都用人尿淋浸，使纤维软化。这样做出来的纸，防虫蛀，防渗墨，这正是富春竹纸的秘方。

　　纸坊需要大量纯尿，不能有污物，且要陈尿，起码要沉淀半个月以上。自家留存尿不够用，就去村里收尿。庄户人家一般屎尿都当肥料使，舍不得他用。多年来，蒋爷为人爽直，价格公道，十里八乡哪家不曾受过蒋爷的恩惠？只要蒋爷来，没二话。

　　淋好尿的白料，横放堆叠成篷，用干草垫底盖顶围裹密封，发酵两个礼拜后，放入清水浸泡半个月，榨去水分，经过掰料、舂料变成稀薄竹浆，即可抄纸。

　　抄纸最考验手艺，蒋爷打着赤膊亲自示范。

　　蒋爷拿起竹帘放入竹浆，竹帘是用极细的竹丝为经，丝线为纬，手工编织而成。蒋爷轻轻晃动，使竹浆均匀沉淀，形成一层膜，称为湿纸。蒋爷把竹帘放到纸架板上，轻轻揭起竹帘，湿纸就留在板上。蒋爷一次次重复，积累出厚厚一叠纸，榨干水分，焗弄烘晒后，纸张厚薄均匀，不差毫厘。

　　以前，蒋爷祖上做好纸，雇条船，通过水路，运送到上海、苏州、杭州等地售卖。蒋爷当家后，开了家"富春纸坊"。蒋爷自幼爱好书画，当街铺开自家竹纸，挥毫写字作画，就是一出活广告。画像栩栩如生，字迹力透纸背，纸色洁白，质地柔韧，闻之有竹子清香，久藏不腐不蛀，深受文人墨客喜爱，订购者络绎不绝。

　　那年，蒋爷出了趟远门，半个月后回到家，翻看账本，眉头紧锁，叫来儿子问话。

"前日，钱塘吴员外定购五百刀纸？"

儿子点头。

"全是一等品？"

"是。"

"糊弄谁？"蒋爷厉声道，"出门前我盘点过，一等品存货只有四百八十刀。"

儿子站着，低头不语。

"掺了二等品吧？"蒋爷抬起头，两眼像利刃般刺向儿子。

"爹，客人要得急。"儿子上前一步，红着脸轻声说，"咱家一等和二等的纸，外表相差无几，作了字画，过二十年才有差别，不碍事。"

听闻此话，蒋爷铁青着脸，起身从货架上抽出一张纸，揉成团，扔在地上，让儿子捡起展开。

"客人的信任，就像这张纸，你揉皱了，抚得再平，也恢复不了原样。"蒋爷一字一句缓缓道。

"纸分等级，人品也分等级。生意人，诚信为本，切不可欺。"

蒋爷叫上儿子连夜乘船赶去客人那里，追回了二等纸，道了歉，退了款，赔了一笔钱。客人大为感动，逢人便夸赞，"用纸必选富春纸坊的纸"，一时成为佳话。

　　儿孙们谨记着蒋爷的训示，将他老人家亲笔书写的"戒欺"二字装裱后悬挂于店堂正上方。经过苦心经营，富春纸坊延续百年，久盛不衰。

　　[本文获富阳区第十九届郁达夫文艺奖三等奖、刊发于《信》2019 年第 4 期、《百花园》2020 年第 6 期、《富春江》2022 年小说专刊、《微型小说选刊》2020 年第 14 期转载、《民间故事选刊》2021 年 3 月下期转载、《中学生阅读》2021 年 7 期（初中版）转载、《传奇传记文学选刊》2021 年第 10 期转载、入选河北省唐山市 2021—2022 学年高一上册语文期末考试阅读理解题]

乾隆遇上仙

乾隆五十七年，一七九二年，十二月冬日，鹅毛大雪洋洋洒洒飘落在北京城，整整一夜，紫禁城里一片白茫茫，宫殿屋檐下挂着冰棱，晶莹剔透。

天刚蒙蒙亮，八十一岁的乾隆帝就起了床，在贴身太监的精心伺候下，起身更衣，洗漱完毕，坐着龙辇，去上早朝。

金碧辉煌的金銮殿上，大臣们早早齐聚朝堂两侧，恭迎着乾隆帝缓步走来，端坐上龙椅。

群臣跪地，高呼："吾皇万岁，万岁，万万岁！"

乾隆帝抬了抬眼皮，轻声道："众爱卿，平身吧。"

司礼太监向前迈了一步："各位大人，有本启奏，无本退朝。"

耄耋之年的乾隆帝精力大不如以前了，每天要日理万机，没啥要紧大事情，他也想多休息。

工部尚书上前一步，启奏道："圣上御笔题写的《十全》碑，已经全部镌刻完工，近日将运抵各省各府各县，待择吉日，建亭立碑。"

听罢，乾隆帝一下子来了精神。

　　这可是件光宗耀祖，空前恐怕也是绝后的大喜事。乾隆帝心里暗自得意，很快下了道圣旨："明日朕将登临天坛，举行揭碑礼，亲自诵读碑文，祷告上苍，祈求国泰民安，大清基业千秋万代。"

　　大臣们屈膝跪下，饱含热泪，高呼吾皇万岁，吾皇英明。

　　半倚半坐在龙椅上，乾隆帝眯着眼，目光扫视着群臣，心中涌起阵阵喜悦……

　　当晚，乾隆帝安卧于养心殿龙榻，自然美梦连连。

　　忽的，寝宫窗户外面飘进来几缕青烟，一下子呛醒了乾隆帝。睁着迷糊的双眼，半梦半醒间，只见一位仙人立于龙榻前。

　　乾隆帝揉了揉双眼，披了件龙袍，起身下床，拱手相迎："上仙此番是否奉旨下凡？"

　　仙人含笑，摇摇头。"上仙可否赐朕仙丹，续朕阳寿？"

　　仙人仍然笑而不语。"那上仙，可知吾朝国祚如何？"

　　仙人哈哈大笑起来，朝乾隆帝作揖道："圣上，小仙此番前来不为别的事，只为劝说圣上弃碑。"

　　"让朕弃碑？"乾隆帝心中一惊，怎么朕今日之事，上仙立马知晓了，一脸不悦反问，"难道朕不配？"

　　乾隆帝把龙袍镶金边的袖口长长一挥，慷慨激昂："直至今日，朕登基已满五十六载，在位期间，两平准噶尔，两胜廓尔喀，两扫金川，定回部，靖台湾，降缅甸和安南。朕修书立传，开疆扩土，百官敬仰，万民拥戴。古今帝皇圣贤，谁人能及？"

听罢此言，仙人再次仰天长笑。

"圣上啊，从古至今，天地万物，岂有十全十美之理？"说着，仙人从自己手里持的拐杖上解下挂着的一只大葫芦，在乾隆帝面前晃了晃，"圣上，我这宝葫芦里装着数不尽的灵丹妙药，可拯救天下苍生百病，却独独不能医治我这跛足。"

此仙正是八仙之首铁拐李。"依吾看来，芸芸众生皆有跛足。"

"放肆，胆敢如此数落朕！"乾隆帝龙颜大怒，"难道朕也有跛足？"

乾隆帝手一挥，刚想传唤禁卫军。铁拐李上前挡住去路："圣上息怒。"说罢，轻晃大葫芦，口中念念有词。不一会儿，大葫芦上出现了一颗血淋淋的头颅，嘴里直朝乾隆帝喊冤。乾隆帝定睛一看，正是胡中藻。乾隆帝不由得想起往事。

乾隆二十年，乾隆下旨暗中收集胡中藻所出试题及诗文，以其任广西学政时所出试题中有"乾三爻不象龙说"七字，指责其诋毁乾隆年号；又以其所写《坚磨生诗抄》中有"一把心肠论浊清"，指责故意在清国年号加"浊"字；总之罗织种种反清罪名，把胡中藻斩了首。

乾隆帝直冒冷汗，捂住双眼。铁拐李又轻晃大葫芦，出现一张怀抱无数金银珠宝的狡诈面容，冲着乾隆帝狰狞大笑不止。

这不是自己最宠爱的文华殿大学士和珅吗？乾隆暗暗想，眉头紧锁。

铁拐李再摇大葫芦，变幻出江南无数的楼台亭阁和窈窕佳丽……

"圣上，您想给后世君主留下怎样的一个江山？还望三思。"说罢，铁拐李颔首告辞。

乾隆帝疾步追出寝宫，早不见铁拐李踪影，只见一缕青烟袅袅升空，满天星斗灿烂。

天一亮，乾隆帝下旨取消祭天典礼，将十全碑就地夯碎，填铺于各州各县坑洼巷道之中。世间仅立一块碑于西藏歇山顶以示后人。

四年后，乾隆帝禅位于嘉庆帝。嘉庆四年，一七九九年，农历正月初三，八十九岁的乾隆帝逝于养心殿，嘉庆帝亲政，逮和珅于刑部监狱，赐死，抄尽其家产，丰盈了国库。

（本文刊发《浙江小小说》2018年第3期、《史河风》2019年春季刊）

山神

雀儿山，公路垭口。

多吉刹住车，跳下驾驶室，走向经幡塔。

五十二岁的多吉是个康巴汉子，一米八五个头，身材健硕，一把浓密的络儿胡，一丝不乱的头发扎成一条马尾辫。

雀儿山，这座连雄鹰都飞不过去的山峰，却是进藏必经之路，多吉深深吸了口气，昔日一幕幕惊险画面涌现脑海。

冬过雀儿山，如闯鬼门关。山上高寒缺氧，土石路全被冰雪覆盖，坡陡路弯，最窄处仅容一车通行。那日，天好像漏了似的，雪下个不停，多吉驾着邮车带领其他车辆缓慢向前。大风搅起漫天雪花，调皮地遮挡着视线，多吉稍微停一下，车前马上堆起一座四五米高的"雪山"，无法前行。堵车，一堵两天两夜，零下二十多摄氏度的气温，多吉窝在冰冷的驾驶室里，怕柴油冻住打不着火，又担心柴油被耗尽，隔一小时发动一次车辆。饿了就啃几口早已凉透的糌粑，渴了就往嘴里抓几把雪，冻得实在受不了，就下车拿出备胎点燃，招呼其他驾驶员围着一起取暖。

多吉记不清在这条路上伸出几次援手，帮社会车辆加挂防滑链条，帮其他司机把车开过最危险的路段。

多吉抹了抹发红的眼眶，理了理墨绿色的邮政服，回头望了眼经幡塔，发动邮车前行。

老虎嘴、鬼招手、燕子凹、老一档……每过一处，多吉按动喇叭，鸣笛示意，这些听上去名字凶险的地方，今天在多吉看来是那样亲切。

曾在鬼招手，一辆失控客车迎面飞驰而来，车上乘客惊叫不已。多吉猛打方向盘，擦着石头边行驶，让出大半条路，车轮撞上凸出的石块，带动方向盘强力转动，一下打断了左手臂，多吉忍着疼痛，硬是用右手开车，把邮件安全送到德格。

曾在燕子凹，前方一辆货车刹不住，向后滑行，眼看要冲下悬崖，多吉主动倒车，可路面太滑，邮车失控，差点也滑下悬崖，万幸的是车尾部的备胎顶住了悬崖壁上一块突出的大岩石，邮车倒栽葱般直立在悬崖外壁，驾驶室悬空，多吉又躲过一劫。

乡亲们说，做好事的人会得到山神的庇护。

邮车途经五道班营地时，多吉猛按喇叭，负责道路维护的道班工人们，飞奔而出，和多吉热情相拥。

"喏，新鲜的很呢。"多吉卸下一箩筐蔬菜。多年来，道班需要的蔬菜、粮食等生活用品，都靠多吉帮忙捎来，连工资也托多吉带来。

到达目的地德格，已是夕阳西下。多吉摇下车窗，挥舞哈达，深情回望雀儿山。

这是多吉最后一次驾驶邮车翻越雀儿山，过些天，藏民们期盼五年之久的隧道要通车了，所有车辆改道，不必再绕行两个多小时的危险山路。邮件的运送更快捷通畅，当地经济社会发展也将驶上快车道，藏民们也将过上更幸福的生活。

晚上，多吉梦见了过世的阿妈拉。

"阿妈拉，雀儿山有山神吗？"

"有吧，我也没见过。"

"那谁见过？"

"问问他们吧。"

阿妈拉口中的他们，就是军车和邮车驾驶员。川藏公路上，敢开上雀儿山，只有他们。一次，年幼的多吉，壮着胆子问。"有。"驾驶员叔叔拍拍他的小脑瓜，笑着点点头。

从此，多吉立志长大当邮车司机。

二十四岁的多吉从部队转业，进入邮政运输班，开上了他梦寐以求的邮车。在川藏线路一跑就是二十八年，无数次翻越雀儿山，虽历尽艰险，却总能平安归来。乡亲们问："多吉，遇见山神了吗？"多吉同样微笑着点点头。

如今，穿行在长长的雀儿山隧道，多吉扯开嗓子吼："那是一条神奇的天路耶喂，把人间的温暖送到边疆，从此山不再高，路不再漫长……"沧桑浑厚的歌声响彻整座雀儿山。

多吉和乡亲们都说，党和政府才是我们真正的山神。

不再做"色盲"

快五十岁的物业主任金菊阿姨带领同事，在金色家园小区内十几幢楼道里，跑上跑下，挨家挨户，分发着红、黄、蓝、绿四色垃圾袋和"垃圾分类"宣传资料。

每只垃圾袋上面，金菊阿姨和同事们都细心贴上不干胶标签，写上每家每户门牌号。

"邻居们，垃圾扔前先分一分，同色袋子扔进同色桶里。"每到一户，金菊阿姨像背儿歌一样唠叨，她有些不放心。

金菊阿姨的担心是有原因的。金色家园是农民拆迁回迁房，入住不久。业主们原来都是城乡接合部的村民，性格大大咧咧，不太讲究卫生习惯。以前为了适应垃圾装袋化，金菊阿姨就操碎了心。

第二天，天刚蒙蒙亮，金菊阿姨就提早到了岗。她快步奔向垃圾房，房前，昨天新放置了红、黄、蓝、绿四色垃圾桶，像伫立的四大金刚，十分醒目。

金菊阿姨戴着口罩，翻开一只桶盖，脑袋摇得像拨浪鼓。果然，业主们一个个像得了"色盲"症似的，红袋子扔黄桶，蓝袋子放绿桶，一个桶里有四种袋子，红红绿绿，什么色都有，一个字："乱"。

戴上手套，金菊阿姨拎起一袋垃圾，细心解开袋口，两条眉毛拧成大大的感叹号——垃圾分错，装错袋。特别是一零二室的李奶奶家，啥垃圾都不分，统统塞进一种袋子里。

长长叹了一口气，金菊阿姨叫上几个工作人员，慢慢挑拣起来。微风吹起垃圾发出的阵阵臭味，让人作呕。

直到很晚，金菊阿姨才回到了家，她忙了一天，吃不下饭，没胃口。

临睡前，金菊阿姨把拍好的照片，发在业主微信群里，"希望好邻居们改进改进，能够支持我们的垃圾分类工作"。微信群里一阵骚动后，又安静了……

"你呀你，就差住垃圾桶边上了。"望着金菊阿姨消瘦的脸庞，老伴心疼地嗔怪起来。

次日，金菊阿姨照旧早起，顾不上吃饭，登门拜访一零二室，敲了半天，李奶奶愣是不开门。

"李奶奶，您老如果实在分不好，就把垃圾放在门口的垃圾袋，以后我帮您分好扔掉。"说着，金菊阿姨戴上老花镜，蹲下身子，打开垃圾袋，仔细翻起来。

"废电池，有害垃圾，要放红色袋子的。"

"酱油瓶嘛，不是厨房垃圾，可以回收的，放入蓝色袋子。"

"餐巾纸要放在其他垃圾，黄色袋子。"

……

屋内终于传来悠悠的抱怨声："你啊太啰唆。我这样大的年纪，又是个'色盲'，分错嘛，总会有的。"

"李奶奶，您别嫌我烦。"一小时后，金菊阿姨站起身，头有点晕，又揉了揉腰，拎起分好的垃圾袋，笑着说，"李奶奶，放心，我会做您的辨色眼镜，天天来帮您。"

一连七天，金菊阿姨如约而至。

到了第八天，业主们惊讶地发现：李奶奶弓着身子，戴着红色袖章，站在垃圾桶边，不断拦住业主，翻看垃圾袋，口中念念有词："大家记牢，有害垃圾，放红色袋；厨房垃圾，放黄色袋……"神情颇有金菊阿姨的风采。

"李奶奶，太阳从西边出来了。"有人打趣，"您不是色盲吗？咋分得清颜色了？"

李奶奶摇摇头，轻声说："金菊累得住院了。"

"啊？"业主们你看我，我看你，脸上不禁泛起红霞。

"这几天我自告奋勇来代替她站岗监督。"李奶奶抹了抹有点发红的眼角，低声说。

在医院病床前，李奶奶抓着金菊阿姨的手不放，

"我啊真是老糊涂，以前想，垃圾嘛，装在袋里，扔进桶里，就完事。哪来这么多麻烦？所以总嫌你啰唆。"

金菊阿姨依靠在病床头，含笑望着李奶奶。

"那天多亏了你，在垃圾袋里拣出我大儿媳遗落的一副耳环，原封不动还了我。"浑浊的眼泪，不自觉地滚出李奶奶眼眶，"你是好人，有一颗金子般的心，是为了咱们小区垃圾分类的事情累倒的呀。垃圾分类确实是件大好事，我支持。"

"李奶奶，您还是在家休息吧。今后我们大家都会义务轮岗，相互监督，不会再得'色盲'了。"邻居们纷纷表态。

"理解就好。"金菊阿姨噙着泪，望着大家，笑了。

一个月后，在全市垃圾分类评比中，金色家园获得了"最佳小区"荣誉称号。在李奶奶带领下，业主们拿着锦旗，迎接满脸笑容的金菊阿姨出了院。

（本文获 2019 年富阳区"垃圾分类"征文优秀奖、刊发于《濮阳日报》2018 年 11 月 6 日、《湖南工人报》2018 年 11 月 2 日）

白铁匠老孙

小镇是典型的江南风情小镇，一江春水绕城过，有山有水，民风淳朴。小镇曾经最热闹的地方是古巷，巷子里林立着不少手工作坊和商铺，人来人往，生意兴隆。

白铁匠老孙的铺子在巷子最东头。

一百多年前，西方先进的机械制造技术传入国内，小五金产品走进城乡百姓日常生活，于是从传统的铜匠手艺里派生出一个新的匠种——白铁匠。老孙十六岁当学徒，二十岁在镇上开了家白铁铺。

当时有不少白铁匠挑着担子，进镇串乡，吆喝着揽生意。"他们做的东西不行，才要打一枪换一个地方呗。"老孙坚持把铺子开在小镇东头，几十年硬是没挪过地。

老孙的铺子上方悬挂着一块硕大的白铁皮当作招牌。铺子不大，一个工作台，一把铁尺、一支圆规、一把铁榔头、一把老虎钳、一把大剪刀。

工具越简单，越考验手艺。老孙拾起一张白铁皮，铺在工作台上，沉思片刻后，掏出夹在右耳上的粉笔，弯下腰，在铁皮上草草地画了几笔，拿起剪刀一剪，不多不少，正好。加工白铁，放样最关键，切多了浪费，裁少了成废品。接着老孙拿起一根长铁丝，放在白铁皮边沿，左手拿起老虎钳，卷起边沿，右手抡起铁榔头，使劲敲打。敲打得掌握好分寸，敲过了，就伤了铁皮不经用，还容易生锈，打得不够，不仅接不牢，而且不防漏。

不一会儿，一只水桶就活灵活现诞生了。从不用焊接或铆钉，老孙打出的水桶照样滴水不漏。

一张张白铁皮经过老孙的剪裁敲打，变化出畚箕、漏斗、水壶、水桶各式各样的生活用具。有居民跑来做东西，要做成啥样都说不清楚，只说出派啥用场，多大尺寸，老孙就能做出他想要的物件。

二十世纪八九十年代，小镇居民住的是单位分的集体房，安装的是木制大门。有一段时期，治安特别不好，偷盗贼们很是猖獗，趁着大人们上班，小孩们上学之际，用脚死命一踹，踢开木门，把家里翻了个底朝天，偷走值钱的东西。一幢居民楼里，今天402室遭贼偷，明天302房又被盗了，报了警，民警一时半会儿也查不出线索。弄得小镇居民人心惶惶，寝食不安。

束手无策的居民来找老孙。

看过案发现场后，老孙立马有了主意，他卸下木门，扛回铺子，量好尺寸，便在门板上铺起一张又厚又大的铁皮，"乒乒乒乒"一番敲打后，用长长的铆钉，从上到下，从左到右，牢牢钉住，老孙还在中间钉了一个大大的圆圈，不一会儿，一扇破旧的木门变成透着亮光的铁皮门。

安装了铁皮门的住户再没有发生过入室偷盗。一传十，十传百，居民们踏破了老孙铺子门槛。老孙忙不过来，便招收了不少徒弟。生意再好，老孙也不瞎收费，够本就行。自己的手艺能帮到街坊邻居们，老孙觉得很满足，真情远比金钱更重要啊。

时光如流水，随着社会不断快速发展，小镇居民的居住水平日益提高，木门被防盗门代替了，角角落落都安装了监控，镇上的治安大大好转。居民的消费观念也发生了变化，喜欢使用塑料、不锈钢制品。老孙的白铁铺子冷清了许多。独立门户的徒弟们纷纷转行，只剩老孙守着日益萎缩的营生。

老孙非常明白机械代替手工已成为潮流，但他坚信白铁皮还有生命力。所以当自己开了几十年的白铁铺被拆迁后，老孙用四张白铁皮、四只轮子打造出了一间可以移动的白铁铺子，每天推到镇上，继续为居民们服务。

那日，县空调设备公司的高经理火急火燎来找老孙。原来公司停产了，工程师和机修工一检查，说是生产设备上一个白铁片配件坏了，一时还修不了，电话联系生产商，维修工要后天中午到。若不按时交货要支付高额的违约金，高经理急得团团转。

有人提议找老孙试试。

老孙二话不说，拿了工具和白铁皮，和高经理直奔到公司。很快，老孙拆下配件，戴上老花眼镜，捏在手心，反复翻看，足足十几分钟。老孙脸上露出一丝微笑，拿起工具，就地捣鼓起来。一支烟工夫，老孙捣鼓出和原配件一模一样的交给高经理。安装后，机器转动了……

高经理想高薪聘请老孙当公司的技术顾问。老孙哈哈一笑，摇摇头："有啥毛病随时叫我，顾问这头衔咱戴着不自在啊。"

第二天一大早，高经理亲自送了一面锦旗挂在老孙铺子里。"不忘初衷，传承匠心"八个鎏金大字把老孙的脸庞照得金光发亮。

"一块白铁皮，不仅可以做成传统的水桶，还能与时俱进，做空调通风管道，当抽油烟机外壳，谁说白铁皮落伍了，他们不知道咱白铁匠人的厉害罢了……"

今年七十二岁的老孙还是手艺精湛，名头响当当的白铁匠。

（本文刊发于《中国应急管理报》2020年4月20日）

花脸阿坤

跳竹马是流传在浙北地区的一种民间舞蹈。相传朱元璋的御马在西天目山丢失后，变成一匹神马，常出现在千峰万壑之间，替老百姓们驱妖灭灾。为感谢神马护佑，每逢新春佳节，百姓们便跳起竹马相庆，以祈祷吉祥。

用红、黄、绿、白、黑五色的绸布缠在竹制的马身上，前后两节分开，吊扎在腰间。跳竹马也分生、旦、净、末、丑等角色，正生骑红马，青衣骑黄马，小生骑绿马，花旦骑白马，丑角也就是花脸骑黑马。

阿坤扮花脸跳黑马，在浙北地区名号响亮。

换上灰黑布大襟长衫的阿坤，把黑马往腰间一吊扎，用白裙子一围，头上盘龙髻一梳，毛线红绳一扎，小花一插，涂红颧骨，往鼻子中间涂上厚厚一层白色粉膏。

阿坤拎起马头，扬起马鞭。他左腿长，右腿短，一脚深，一脚浅，好似马在走步，跳起来，摇头晃脑，肩膀一高一低，步伐幅度大，动作夸张有趣，就像骑马驰骋。

"竹马跳一跳，福气盈门多平安。竹马跳一跳，禄财亨通达三江。

"竹马跳一跳，寿比南山高万丈。竹马跳一跳，喜报儿郎题金榜……"

吉利彩词从阿坤嘴里一句句唱出来，如蜜糖般直甜到围观乡亲心尖。阿坤全神贯注，满面红光，动作自如，倾情出演，不知情的乡亲完全看不出他瘸了腿。阿坤觉得他唱得越开心，跳得越起劲，撒给大家的祝福也越多越真诚。那架势，俨然当年舞台上神采奕奕的赵云又回来了。

阿坤十二岁学唱戏，二十岁进县剧团，多年摸爬滚打，当了长靠武生。阿坤身着金靠，头戴银盔，脚穿三寸多厚底黑靴，手持一柄红缨梨花枪，闪亮登场。阿坤一抬腿，脚尖踢到脑门，跑起来身上四面靠旗纹丝不动。阿坤大喝一声："马来——"右手扬起一根白色马鞭，翻身、卧鱼、砍身、摔叉、掏翎，一气呵成。

"剑光如霜马如飞，单骑冲开长坂围。保定怀中一幼主，子龙今日显神威……"边唱边跳，铿锵有力，威风凛凛。凭这身功底，阿坤演活了《长坂坡》的赵云。

《长坂坡》演遍大半个县城，演响了武生阿坤的名头。阿坤成为台柱子。

命运在阿坤不惑之年开了个大玩笑。那次演出，阿坤正演着，突然脚下一滑，重重摔下台。卧床休养不到半年，阿坤拆了纱布，又登了台。

再次出演赵云，阿坤总感觉右腿使不上劲，有时跳着跳着，痛起来，直哆嗦。阿坤是个犟脾气，硬挺着演了大半年。结果，阿坤再一次摔倒在舞台上，半天起不来。

阿坤的右腿彻底瘸了。剧团照顾阿坤，安排他做些幕后工作。

每次看别人在舞台上表演，阿坤心如乱麻，为了不让人说闲话，他一瘸一拐离开了剧团。

阿坤回到村里，老闷在家，很少出门。刚好村里准备成立竹马队，大家伙抢着演生角旦角，没人愿意扮花脸跳黑马。花脸可是个逗乐活，难度大，要求高，跳不好会坏了整个队伍演出效果。老主任来找阿坤。

阿坤脸一黑，手一摆，拒绝了。舞台上曾经风光无限的武生阿坤，怎能扮丑角跳黑马呢？抹不下面子啊。

不死心的老主任好几次上门，阿坤不为所动。

竹马队第一次彩排演出，安排在村福利院里，队员们不成熟的表演逗得老人小孩哈哈大笑，脸上露出久违的幸福感。在一旁偷偷围观的阿坤心潮澎湃，晚上翻来覆去，难以入睡……

一年后，乡亲们惊讶地发现村竹马队里竟然出现了阿坤的身影。

俗话说，瘸子演戏——下不了台，而阿坤的出场却让乡亲们眼前一亮。

乡亲们忙着放鞭炮，撒果子，喝彩助兴，好不热闹。

整个春节，村竹马队能挣不少钱。阿坤把分到的钱全部添置了装饰品，把几匹竹马打扮得漂漂亮亮。没有演出时，阿坤总喜欢待在排练房，一待就是一整天。

毕竟有大舞台的经验，阿坤爱琢磨，加入戏剧中骑马的元素，不断改进跳法，设计出甩鞭、打鞭、摇鞭、耍鞭等一系列新动作，排练了不少新阵法：磨盘阵、梅花阵、鸳鸯阵。队友们不理解，说他瞎折腾。"磨刀不误砍柴工啊。"阿坤乐呵呵地说。

村竹马队再次登场表演时，一马争先，双马对峙，五马奔腾，招式令人眼花缭乱，应接不暇，演出效果轰动了全县。当年的武生阿坤在乡亲们口中改称花脸阿坤，名号越叫越响。

正当迎来艺术生命第二春时，阿坤又隐退了，这次是他主动退居幕后的。毕竟年事已高，右腿也不太灵活了，阿坤亲自挑选了几个后生手把手地教他们跳黑马。在阿坤悉心教导下，村竹马队越跳越出彩，不断被邀请到市里省里表演，还出国去了新加坡，一时名声大振。

今年八十三岁高龄的阿坤早已功成身退。但村竹马队常常邀请他去把关新戏。反背着手，一瘸一拐，踱着方步，阿坤边看边指导，那神情像极了一位功成名退的将军再次检阅部队。

但凡有竹马队演出，不论多远，阿坤仍喜欢去凑热闹。

看到阿坤来，乡亲们纷纷递上好烟，阿坤来者不拒，接过烟，一支支架在耳朵上。有乡亲好奇问起当年为啥抹下面子出山跳黑马，阿坤笑而不语，点燃一支烟，深吸几口，吐出烟圈，眯着两眼，带着戏腔戏调，慢悠悠地说："做人嘛……晓得进退还是很要紧的哩……"

[本文刊发于《信》2020年第2期、《百花园》2020年第5期、《洛阳晚报》2020年5月11日、《天池小小说》2020年第7期、《小小说月刊》2020年7月上期、《小小说选刊》2020年第17期转载、入选广东顺德区2020—2021学年第一学期六年级语文期末试卷阅读理解题、新东方学校2020(初一上)语文期中考试阅读理解题、2021年江苏九年制学校中考语文模拟试卷阅读理解题、2020—2021学年浙江金华市七年级(上)语文期中试卷阅读理解题]

特殊的乘客

那是一个中午，太阳正发着飙，没有一丝风。我出差到江城，一下火车，伫立在陌生街头，热得透不过气，头顶直冒汗，等了十多分钟，没一辆出租车的影子。

我不情愿地朝街角旮旯招了招手："三轮车！"

"来啰。"随着一声响亮的声音，一辆带着遮阳篷的三轮车飞快向我驶来，停在我跟前。跳下一位中年车夫，一米五左右的个子，细细的胳膊，黝黑的皮肤，洋溢着笑容，伸手提了我的行李箱。

"先生，您好，欢迎来江城。我姓周。您去哪？"

"国贸大厦。"我钻进遮阳篷里，惊讶地发现座位上还坐着一个小男孩，胖乎乎的，歪着脑袋，咧嘴冲我笑呢。

"这是？"我皱了皱眉。

周师傅放置完我的行李箱，小跑着来到我面前，带着一丝歉意说："先生，这是我儿子，八岁了。"说着，转身奔向男孩身边，将起他身上的类似安全带的两根布条瞧了瞧，重新打了个结，给绑结实。

"您坐稳当了哦！"周师傅矫捷地跨上车，用力蹬起来。我坐在篷里，感觉还是热。毒辣辣的太阳光直射在周师傅弯曲的脊背上，不一会儿，汗水就浸湿了他那褪了色的衬衫。

"你们这里天可真热！"

周师傅回过头，冲我一笑。"这天，活好！"那汗水还在一道道地往下淌着。

我又朝小男孩望了一眼。

"我这孩子命苦哟。"周师傅喘着气，和我交谈起来，"一直是他奶奶带着，四岁那年发了一场高烧，被诊断为脑瘫。"

正说着，小男孩哭起来了。"乖儿子，不哭，爸爸给你买冰激淋哦。"周师傅笨拙地重复这句话，并没有回头。男孩哇哇大哭，泪水和着汗水，小脸蛋都哭花了。

周师傅扭转身，回头问我："先生，您，赶时间吗？"

我看了一下手表，本想点头，不觉摇了摇头。

周师傅露出一丝微笑，赶紧靠边，刹车，停稳，跳下车，快步奔到男孩旁边，麻利地解开绑带，张开双臂，抱住男孩，慢慢把他抱下车。男孩看起来很沉，周师傅的汗水滴滴答答淌着。

周师傅顾不得擦汗，抱着男孩一屁股坐在马路台阶上，把男孩翻了个身，趴着平放在双腿上，脱下男孩的外裤，解开一张尿不湿，一股尿骚味立马飘入我鼻孔。周师傅抬起头，朝我不好意思一笑，从裤兜里掏出一张新的尿不湿裹上，帮男孩穿上裤子，动作很熟练，不到两分钟。

周师傅重新放好男孩，擦了擦他的脸蛋，轻声对我说："先生，能帮我照看一下吗？"不到一分钟，周师傅小跑着回来，手里拿着一杯冰激淋。

周师傅一口一口用勺子喂在男孩嘴里，带着歉意对我说："要不是早上稀饭喝多了，尿多，湿了，不舒服，孩子才哭，平时挺乖的。"

我看着孩子吃着冰激淋乐开了花，不解地问："为什么不放在家里？"

"我娘年纪大了，带不了。我带他来城里，住出租房，头几次放屋里，不是哭，就是摔。我不忍心，只得带上他。"周师傅望着男孩，露出怜爱的目光，"只要孩子笑了，我就开心。"

喂完冰激淋，周师傅抹了把汗，拿起一只旧的大雪碧塑料瓶，咕嘟咕嘟，一口气喝了大半瓶水，跨上车。

"有人劝我把他重新扔回孤儿院，说我带着他，这辈子别指望娶妻了。"周师傅消瘦的面容，露出坚毅的神色，"既然领养了他，小明就有了我这个爸爸，不算孤儿了。"

"啊，他不是你亲生的？"我把嘴夸张地撇成了椭圆形，"你儿子叫……"

"光明！"周师傅挠挠头，脸上带着一丝骄傲，高声说，"他从小爱喝那牌子的牛奶，我就买，顺手拿来当大名。"

"等攒够钱，我就带儿子上大医院去治病。"周师傅语气很坚定，脸上始终洋溢着笑容。

到了国贸大厦，我掏出一百元车费，周师傅坚持要找零。

下车前，我张开双臂，给了这位一路陪伴我的特殊乘客一个温暖的拥抱："光明，一定会来临的。"

伴随着孩子咯咯的笑声，我深深吸了口气，觉得空气不再那么燥热，全身感到清凉爽快。我的前途也一定会一片光明的。

老何同志

富阳邮政的老何同志是一个传奇人物。

军人出生的老何同志经受了血与火的洗礼，生与死的考验。他常常回忆起这段经历——六年的部队生涯在他的人生长河中只是短暂一刻，但溅起的浪花却是那样的悲壮。

一九七九年十月，老何同志从老家场口青江村应征入伍，穿上了军装，来到了南京军区炮九师十六团，成为一名中国人民解放军战士。老何同志训练认真，学习刻苦，表现优异，在一九八二年党的生日那天，老何同志光荣入了党。六月，南京军区炮兵第十六团等部队受中央军委命令，开赴云南，接管了原昆明军区坚守的中越边境老山地区防御阵地。维护祖国尊严和领土不受侵犯是每个军人的天职。一九八五年一月十五日，对原十六团参战老兵来说刻骨铭心，许多幸存者像老何同志一样将这天视为特殊的"生日"。

那天凌晨和上午，老何同志的六班完成两次向前沿阵地发起反击作战任务。到了下午两点，接到命令，要配合二团五连组织军工二十多人，急送弹药到146高地前沿。

老何同志带领全班战士每人背着一箱三十公斤左右的手榴弹抵达百米生死线时，遭到越军炮火突袭。老何同志躲进猫耳洞，猫耳洞口半边被炸塌，他赶快跑出，卧倒在旁边的大岩石凹处的炮弹坑内。又是一发大炮弹爆炸，地动人晕……

当老何同志清醒时，已是傍晚时分，老何同志抖掉身上几十斤重的泥土，爬出炮弹坑，看着周围好多负伤的战友，老何同志强忍着眼泪，报告上级，再次加入战斗中。经过一年的老山轮战，老何同志参加了大小战斗一百多次，打出了国威军威，取得了对越自卫反击战的胜利，维护了祖国的领土完整和尊严，为改革开放垫下了坚实的基石。老何同志所带领的班荣获集体三等功一次，个人三等功两次。

一九八五年，老何同志从部队转业到地方，在富阳多个事业单位和富阳邮电局之中，他毫不犹豫选择了后者。按老何同志的说法，邮电工作更接地气，和老百姓打交道，干着心里踏实。

老何同志先后做过投递员、话务员、营业员，哪里需要到哪里，在基层摸爬滚打十多年。一九九四年，富春江遭遇特大洪水，一连几天狂风暴雨，身为投递员的老何同志惦记着信件的按时安全到达，冒着暴雨到春江渡口接送邮包。老何同志把邮包牢牢捆扎在后座，在大雨中骑行了好几小时，衣服裤子都湿透了，回到支局，老何同志顾不上换衣裤就出门送报送信。

"这些困难和战争的残酷相比，根本不值一提。"老何同志说。不管刮台风，下冰雹，涨洪水，乡亲们都能及时收到邮包和信件，老何同志一干就是十年。

接着老何同志转岗当了支局唯一的话务员。那时邮电局的通讯设备从邮磁石电话升级到程控电话，老何同志只身守在支局里，奋战了两天一夜，饿了啃面包，渴了喝浓茶，全力保障用户通上了电话。

后来老何同志服从组织安排，担任了邮电最基层的管理者——支局长。

老何同志带领支局员工们建设了富阳邮电史上第一所花园式支局。局内，绿树成荫，鲜花满园，环境优美，员工们仿佛在公园里上班，满满的幸福感。

一九九八年，邮电实施分离。按照资历和贡献，老何同志完全可以选择待遇较好的电信局，他却毅然选择刚刚独立发展的邮政局。"邮政局是个新生儿，我是军人，更是党员，有义务陪伴它一起成长。"老何同志不顾家人们劝阻，这般说道。

在担任城区投递公司经理时，正遇到全局业务发展比较困难的几年，老何同志身先士卒，铆足干劲，带着员工们沿着富阳镇上的街道和商铺，一家一家上门，开展报刊收订工作，取得了不错的成绩。

老何同志思想觉悟高，能上也能下，当他感觉当年战争留下的一些疾病开始复发，体力和精力大不如以前时，主动向领导请辞管理岗位，同时做好"传帮带"，提携新人，丝毫不计较个人得失。

在分公司成立金库监控室后，老何同志主动请缨去监控室工作。监控室工作看似轻松，其实耗时费力，需要通宵值班，更需要高度的警惕性和责任感。好几次，在监控里看到有陌生人撬 ATM 机、在金库徘徊，老何同志高度警惕，及时拨打 110 报警电话，避免事故发生，挽回损失。就这样，年过半百的老何同志在监控室又默默奉献了十多年……

光阴似箭，一转眼，老何同志转业三十多年了，他从未忘记长眠在南疆的战友，特别是被部队追认为"一等功臣"的老乡金守儿烈士。

一起去，再也没能一起回来，金守儿烈士的容貌时常浮现在老何同志眼前。老何同志觉得英烈不能忘记，烈士为祖国尽了忠，他就和其他战友为烈士父母尽孝。老何同志经常利用业余时间到烈士家属那儿去帮忙干活，和烈士父母唠唠家常。这是老何同志和参战老兵们曾经许下的庄重的承诺，这一承诺坚持了三十多年。

二〇二一年，中国共产党成立一百周年之际，老何同志光荣退休了。他的军龄加工龄整整有四十二年，老何同志把自己的青春都奉献给了党和祖国的国防和邮政事业。

退休不退志，老何同志加入了公益组织——富春退役军人之家。老何同志去学校、去工厂，讲述自己亲身经历，教育下一代；去群众中间，做公益活动，教育人们珍惜今天来之不易的幸福生活。

老何同志说："只要自己还活着，就要继续弘扬老山精神，永葆初心！"

这位可爱又可敬的老何同志。

幸运草

十岁的小希跟着娘，坐上长途大巴，第一次来到省城。

跨进医院大门，眼前的一切在小希看来显得那么陌生。

走着走着就会迷了路的楼层，上天入地的电梯，可高可低的病床，红红绿绿线连接的，吱呀叫不停的仪器。

躺在病床上的爹，闭着眼，脸有点浮肿，蜡黄蜡黄，深一道浅一道的皱纹，如山丘般布满额头。

半个月不见，还是以前那个干一天活不肯歇息的爹吗？

小希怯生生地叫了声："爹。"

爹睁开眼，望了小希一眼，点了一下头，转身嗔怪娘："带孩子来干啥？"

"我自己要来的，爹。"小希抢先说，"放暑假了。"

小希心疼娘。前些天，爹干着活，两脚一软，摔在田里，不省人事。娘慌忙叫了人送到县医院，又转到了省城。娘几天几夜照顾爹，累坏了。

很多时候，爹静静躺在床上，闭着眼，不说话。偶尔张开眼，盯着天花板发呆。

邻床也是位四十多岁的伯伯。爹和他不怎么交流，偶尔用蹩脚的普通话聊聊，相互瞅几眼。

小希坐在床边，替爹看着输液，递递水，削个苹果，切碎，喂爹。

上午，医生查房结束，娘跟了出去。

"……还要等吗？大夫，让俺们先出院吧……"小希隐隐约约听到娘带哭腔的声音。

"指标还不稳定，住一段时间观察观察吧。"

娘抹了抹发红的眼角，进门，贴着爹耳根，说了几句。

爹叹了气，"哎，咱耗不起啊。"接着沉默。

晚上，护士来拔输液针头时，小希轻声问："阿姨，啥时俺爹出院呀？"

望着小希那双清澈如水的眼睛，护士阿姨愣住了，一时语塞。"哦，哦，等阿姨回去查查。"

不一会儿，护士阿姨把小希叫到办公室，指着电脑上的一幅图，认真地说："喏，小朋友，你看，你能找到这样的幸运草，你爹就可以出院了。"

睁大了眼，小希恨不得把图片刻进脑子里。图片上是一株四叶草。

"相传幸运草是夏娃从天国带到人间的，一般只有三片小叶子，叶形呈心形，在十万株里，会有一株是四叶草，因此四叶草是幸运的象征，它的第四片叶子代表健康。"护士阿姨耐心解释。

小希眨着眼睛，蹦跳着回去。希望的种子开始在小希的心底生根，发芽。

医院外面有一个大池塘，池塘周围有一大片草地，绿油油的，在夏日阳光下，杂草疯长。

小小的身影穿梭在那一片希望之中。小希猫着腰，那期待又专注的目光，从上到下，由左至右，一遍又一遍，慢慢移动，细细搜索，不放过眼前任何一株草。

"一二三、一二三"，可惜小希找到的都是三叶草。草丛里飞来飞去的小虫时不时来打扰，汗水湿答答，迷糊了眼。

路灯亮起，小希惦记着爹，跑回了病房。

在医院陪护的日子像串珠一样，一天天滑过，串成了周，串成了月。眼看暑假快结束，期盼已久的四叶草始终没有找到，爹的脸也越来越肿。

这天中午，小希画了一幅画，一株株四叶草围成的一颗大大的爱心，正想给爹看。突然房门打开，临床的伯伯被几个医生七手八脚地抬上推车推出了门，到了深夜，也没有回房。

　　望着旁边空荡荡的床，小希的心"咘"地一下，像被大雪压断的楠竹的声音，颤抖，脑子里一片空白。

　　两个月后，爹康复出了院。

　　每次，爹干活累了，喜欢叉着腰，两眼直直，盯着墙上挂着的那张幸运草爱心画，看着看着，出了神，泪水无声无息地流淌。

　　画的上面，悬挂着一个黑色相框，里面的小女孩正在灿烂地微笑。

　　离开医院前一晚，小希不甘心就这样离开医院。她拿着一只手电筒钻进草丛。突然，小希兴奋地叫起来，顺着手电筒的光，颤抖着手指，指向池塘一侧，一株四叶草从岩石缝里钻出脑袋，"一二三四，四三二一。"确认无误后，小希跑了过去，伸长手，够不着。小希撸起袖管，一只脚抵住一块石头，一只脚踏在池塘边，拼命伸长手臂，靠近，用力一摘，幸运草紧紧抓在手里。小希缩回手，脚底一滑，"扑通"一声，跌入池塘……

　　小希救上来时，小拳头握得死死的，攥着那株幸运草。

　　经过匹配，爹移植了她两个健康的肾。

　　小希，才是她爹真正的幸运草。

小镇伞爷

　　小镇古巷西头有间修伞铺。一张小方桌，摆满工具：铁锤、剪子、尖嘴钳、螺丝刀、成卷铁丝，装了针线小件的两只锈铁盒。桌子上空有根横拉过巷口的铁丝，挂了一块木牌，上书两个壮硕毛笔字："修伞"。

　　修伞铺主人是位瘦小矮个老人，下巴留着小撮花白胡子，戴着老花眼镜，系着黑色围裙，端坐铺前，整天挂着笑，待人乐呵呵的。小镇居民尊称他为伞爷。

　　伞爷老伴早逝，儿子在外省成了家，很少回来。伞爷不爱打牌搓麻将，也不爱跳舞唱戏。为了打发无聊的退休时光，伞爷把家里的雨伞拆了装，装了再拆，练了几百手，出门摆了个摊。

　　伞爷修伞不收钱。新买把伞花不了多少钱，很多人选择修旧伞，伞爷明白他们想修的，并不只是一把伞。

　　一对七八十岁的老夫妻，拿来一把散发着樟脑丸味的破伞，不断叮嘱伞爷一定把它修好，这可是他俩的定情信物。

　　伞爷扶了扶老花镜，小心接过伞。伞爷一边听老婆子絮絮叨叨讲话，一边用他那双皴皱苍老的手行云流水补着伞。讲到开心处，老婆子干瘪的脸上闪现一丝丝红晕，捂着嘴笑。伞爷也咧开嘴，露出残缺不齐的牙，哈哈大笑，这一笑，伞爷觉得自己年轻了许多，仿佛置身于当年和老伴约会的甜蜜场景。伞爷把伞郑重地交到老婆子手里，老婆子打开，反复试验，"和新买的一样。"老两口开心得像孩子。

这日，一个高大帅气男人站在铺子前，拿出一把破烂不堪的粉色雨伞，锈迹斑斑的伞骨完全脱落，裸露在外。"难度不小。"伞爷皱了一下眉，伸手接过伞。

伞爷拿出砂皮纸，把一根根伞骨擦得锃亮，又找来一根长长的铁丝串起来装进伞头，用钳子拧紧。伞骨细，伞爷拧得格外小心。

男人坐在一旁，抽着烟，"啪嗒"掉眼泪。"咋回事？"伞爷递上几张餐巾纸。男人擦了擦，声音低沉地说起来。前些天，妻子病故，他失去了从同穿校服到步入婚姻的人生伴侣……这把伞见证了他们二十多年风雨历程，他想珍藏一辈子。

伞爷默默听着，缓缓起身，把伞递到男人手里，拍了拍男人肩膀，"老弟，保重。"伞爷转过身，眼角通红，想起早逝的老伴，伞爷触景伤情了。

那天，伞爷赶去铺子的路上，经过一个院子，不经意抬头，发现晾衣杆上挂着一把漂亮的彩色雨伞，伞面印满图案，充满童趣，可惜有很多破洞。出于职业习惯，伞爷敲门进去，一位老太太惊喜叫了声："伞爷，您怎么来了？"

"这把伞国内很少见。"伞爷说。

"对，这是二十年前我孙子在美国买来送给我的。"老太太像是遇到知音，打开话匣子，"如今他已远在国外成家立业，这伞就成了我唯一的念想，我一直舍不得用。今早打扫卫生时发现被老鼠咬了好多洞，我心疼得不得了。家里人让我扔了，我不晓得咋办好哩！"

"包在我身上。"伞爷拍拍胸脯，放下工具箱，坐在凳子上，摸索好一阵子，找出几块不同颜色的布料，裁剪成小布块，拿出针线，拿过伞，当场缝补起来。

照着图案的模样，伞爷在补好的伞面上，拿彩笔一笔一画描起来。拿到伞时，老太太两眼放光，满口夸赞，脸上的皱纹笑成一朵菊花，硬要留伞爷吃饭。伞爷背上工具箱，双手一挥，"走咧。"

伞爷每天起得很早，他要赶在环卫工清运垃圾前去寻宝。伞爷寻的宝就是那些被丢弃在垃圾房里的雨伞。伞爷把捡回的伞分为两类，彻底修不好的，拆解成各种备用零件。能修好的，经过清洗、缝补、组装、打磨，焕然一新。有人猜测伞爷准备拿去卖时，伞爷却把堆成小山一样的雨伞赠给了社区。

那天黄昏，突如其来的暴雨让出门在外的小镇居民措手不及，淋成落汤鸡。雨越下越大，丝毫没有停下来的意思，天色越来越暗。暴雨中一个瘦小的身影由远而近。伞爷！是伞爷！有人叫出了声。伞爷披着一件雨衣，穿着雨鞋，怀里抱着大把雨伞，一脚深一脚浅，蹚着水，缓步靠近。

"拿着回家，泡个热水澡，喝碗姜汤，暖暖身，别感冒了。"伞爷把伞分给居民，叮嘱着。

不一会儿，社区工作人员接到伞爷电话带着一大批雨伞赶来。望着撑着五颜六色的雨伞离开的居民，衣服早已湿透的伞爷，嘴角露出一丝微笑。

天色更暗了，雨水漫上街面，分不清哪是水塘哪是道路。

工作人员劝伞爷早点回家。"马上，马上"，伞爷嘟囔着，两腿却没挪动半步。

第二天，大家发现修伞铺没有开张。

第三天，南边一个水塘里浮出了伞爷瘦小的身体……

伞爷的葬礼很隆重，县里领导也前来致辞。

祭奠的花圈像一把把撑开的雨伞，堆满整个告别厅。

上了年纪的老人都说，没见过这么大场面。

那天风和日丽，为伞爷送行的居民们打着伞，满街伞花绽放……

（本文刊发于《人民代表报》2020 年 4 月 9 日、《微型小说月报》2020 年第 6 期、《富春江》2022 年第 4 期）

老章的心事

夜深了，老章在床上辗转反侧，心事像一块石头沉沉压在心底，胸闷，难以入睡。

老章的心事来自上午经理跟他说的一番话："老章呀，你们部门这么多年来劳苦功高，经过公司讨论决定，下个月起你的部门要改革了……"经理没把话说完，意味深长地朝老章笑了笑，就走了。

这一笑，可把老章的心提到了嗓子眼里，"改革？怕是要精简人员，革掉我们部门的饭碗了吧？"

老章彻底失眠了，蹑手蹑脚起床来，披上外衣，点了根烟，钻进书房里，脚步踱来踱去，抬头瞧见了满墙的奖章，烟雾中，仿佛看到了年轻的自己。

当年的老章还是小章的时候，二十岁刚出头，省邮电学校毕业，分配在县邮政局分拣岗位。分拣是邮政专业术语，指分拣员按照邮件的地址，将邮件分到规定格口内的处理过程。小章头脑灵活，体力充沛，肯干爱钻研，都说术业有专攻，小章苦练基本功——心熟、眼快、手准，很快练就了一套"绝活"。

只见他端坐在转椅上，工作台摆着厚厚一叠信件，眼睛轻轻一瞥，双手便左右开弓，像掷飞镖似的将一封封信件准确无误地送入蜂巢般繁杂的格口里，只听得"唰唰唰"的风声，只看见雪白的信件在空中飞舞，几分钟后，堆成小山一样高的信件被他夷为平地。

小章多次代表县局参加省邮政局的比武大赛，总能获得分拣项目冠军，赢得荣誉，赢得了丰厚的奖金，也赢得了单位同事小孙的芳心！

小章一干就是三十年，慢慢熬成了老章，带出了不少徒子徒孙，成为了分拣部门主任。

令老章万万没有预料到的是，高速发展的科技水平迅速改变了人们的通信方式，从写书信到打传呼机到发手机短信，从发电子邮件再到社交软件，日新月异，更新很快。而信件就像年老色衰，韵味全失的老妇被人们冷落了。县邮政局的寄信量急速下降，一天也分拣不了几封，要不是靠银行信用卡账单之类的商函信件，老章的部门怕是要被淘汰合并了。一下子，老章没了用武之地，很是落寞。

随着网络购物的快速发展，让老章的部门物品同样可以堆积如山。渐渐地，老章感到有些力不从心了，尤其是到了"双十一"，由"光棍节"演变成买家和卖家的狂欢节，即使老章的部门开足马力，调动全员加班加点，纵然老章自己有三头六臂，也还是忙不过来，结果搞得大家都精疲力尽，好多次错分了邮件，影响了邮件速度，遭到了客户的投诉。面对即将到来的第九个"双十一"，老章显得忧心忡忡。

好不容易熬到天亮，老章急匆匆赶到了单位。出人意料的是单位里却静悄悄，丝毫没有动静。

正在疑惑之际，老章和部门的员工都被经理请到了旁边一处新场地，场地刚竣工不久，今天揭开了"庐山真面目"，有两千多平方米，只见平坦的地面上摆放着三十多个外形类似家用扫地机器人，圆圆的身体配了件嫩黄色的外衣的小黄人，像士兵们一样整齐排列在正方形洞口。看着这些玩意儿，老章笑了。

"章主任，敢和它们比试比试？"经理指着小黄人说。

"比就比，是不是，兄弟姐妹们？"老章也毫不示弱。

于是一场别开生面的竞技拉开了帷幕，这边是老章带领三十个员工，那边是经理操作三十个小黄人。

一声令下，计时开始。这边老章动作依旧娴熟，速度却不比当年了，员工们也都埋头苦干，拼尽全力。

那边经理在总台电脑控制下，小黄人们载着一个个邮件也出发了，它们头部的摄像头"滴"一下扫描地上的二维码后，按照规划的路线，飞奔到相应的洞口，身载的升降杆一升起，邮件应声投进格口，落入筐内。小黄人们你来我往，穿梭不停，场面十分热闹。

很快，比赛成绩揭晓：半小时内，小黄人共分拣一万五千余件，准确率是百分之百。老章他们只分拣了八千余件，而且又分错了好些件，自然输得一败涂地。

"服了，真服了，输得心服口服！"老章满脸诚恳，"那，我们都该退休了吧？"老章对经理说话间流露出一丝丝的不舍之情。

"不，章师傅你退不了，你学一下电脑操作，以后这些小黄人还是归你部门管理，暂时有些大物品它们处理不了，需要你把关。精简的人员也会转岗培训充实到其他部门。老章呀，我们要紧跟时代发展潮流，科技才是第一生产力呀！"经理教科书般的讲话让老章心中的石头落了地。

"双十一"如期而来，老章率领着他的小黄人们大显身手，大获全胜！

（本文刊发于《文学百花苑》2017年第6期、《信》2018年第1期、《中国邮政报》2018年7月21日）

棕匠赵阿狗

老家把用棕丝作原材料，做成棕绳、棕帚、蓑衣、棕棚床等生活用品的手艺人称为棕匠。

赵家庄的阿狗十几岁没了爹娘，跟着村里一位师傅学棕匠，走家串户，一接下活，师徒俩便吃住在主人家里，打棕绳，串蓑衣。

打棕绳是棕匠的基本功夫，阿狗花了整整五年时间，如今打得很是麻溜。

阿狗利索地把生棕树段撕掉棕边，用铁耙子不停地扯，理出一绺绺的棕丝，扯一下抖一下，阿狗满身和地上全是细小的棕丝灰尘。

棕丝理好后，阿狗拿起一块大石头压在棕丝后面，前面压一块小木板，右手拿一个转子，不紧不慢地摇转，左手开始捻棕丝。棕丝缠绕在转子上成单股线，阿狗再把两根单股棕线拿下来，打成双股棕绳。

这活看似简单，其实挺枯燥乏味，费力劳神，稍一不留意，棕绳捻粗了，扯断了。一天的活干下来，阿狗总是手臂无力，腰酸背痛。

串蓑衣要有过硬技术，一般是师傅亲自出马，师徒两人合作。师傅选取最好的棕片铺成一件衣服形状，做成毛坯蓑衣，摆放在桌上，随后拿出一根长铁针，穿上棕绳，右手拿针，左手揿着须缝处，指甲一捺一捺，铁针便飞快钻过去，针脚紧密匀称。

阿狗串蓑衣也学了五年。一开始师傅只让赵阿狗在蓑衣腿上串绳，或者在反面串里子。后来慢慢教他串整件蓑衣。

串蓑衣怕漏水，收领口最要紧，这步骤师傅不教，就算其他部位会串了，整件蓑衣还是串不好。奇怪的是，每逢串领口，师傅都会让阿狗离开自己视线，去干其他活。

阿狗不敢说，也不敢问，他懂得做学徒，除了学手艺，还得学手艺人的规矩。比如吃饭，师傅不动筷，阿狗绝对不能先吃。吃菜，阿狗只能夹眼前的，夹碗沿边的，不能去中间夹。每餐，阿狗得比师傅先放下饭碗。

串蓑衣有季节性，正月到农历四月最忙，大热天是淡季。没活时，师傅让赵阿狗住在自己家，打棕绳，串棕垫，串棕帚等，始终不教串蓑衣领口。

师傅有事外出一段时间，留阿狗独自守家。那日，门外急匆匆闯进一个人，阿狗抬头一瞧，是村里的阿花婆。

"阿狗，帮我打一条最结实的棕绳。"阿花婆大口大口喘着气，满脸通红，眼角还挂着泪花。

"最结实？"阿狗问，"您作啥用的？"

"你别管，越牢越好，越快越好。"阿花婆催促道，"我等着急用。"

几分钟后，一根结结实实的棕绳从阿狗手里递到了阿花婆手里，阿花婆塞了钱就冲出门。

"哎，给多了，找您钱。"阿狗感觉不对劲，急忙跟出去。

阿狗一路跟，一直跟到了村西头偏僻的一棵老槐树下。只见阿花婆把棕绳往树枝上一套，打了个结，找了块大石头，两腿一站，头就往绳里钻……

阿狗见状，飞奔上前，拿出随身带的小刀，割断棕绳，阿花婆跌落在阿狗怀里。

"呜呜……"阿花婆哭了起来，"你让我去死啊。"

"阿花婆，啥事想不开啊？"阿狗说，"平日里，您安慰别人一套一套的，今日自己怎么买根绳子一套了事啊？"

阿花婆被阿狗的话逗笑了，站起身，捋了捋花白头发，诉起苦来。阿花婆丈夫早逝，她一个人含辛茹苦养大两个儿子。没想到今早为分家之事，兄弟反目，吵架，打架，气得阿花婆一时想不开寻短见。

"哦，这事啊。您别急。"阿狗搀扶着阿花婆来到村委会，一五一十，把情况告诉了村干部。后来经过村主任调解，俩兄弟和和气气分了家。阿花婆对阿狗感激不止，逢人就夸，弄得阿狗不好意思。

师傅回村后，知晓了此事，当晚把阿狗叫到面前。

"我终于等到你能出师这天了。"师傅哈哈笑起来。阿狗不解，眼里充满疑惑。

"阿狗啊，你跟我整整十年多了，是吧？"

阿狗点点头。

"手艺嘛，你已经学得不错了，但师傅迟迟不教你串蓑衣领口要领，你总归出不了师，对不对？"

阿狗点点头："我想一辈子侍奉师傅身边。"

"傻孩子，你总要成家立业的。"师傅抿了一口茶，清了清嗓子，缓缓道，"干我们这行，人品为先，才能为次。昨日你救了阿花婆，解了她家的难题，证明你的人品也真正出了师。"说着，师傅朝阿狗竖起了大拇指。

师傅拿出蓑衣，亲自示范，把串蓑衣领口要领传授给了阿狗。

"阿狗，记住，不论走到哪里，咱们吃了百家饭，就要处处为主人家着想。"

阿狗"扑通"跪下，"咚咚咚"磕了几个响头。

棕匠赵阿狗出师后一路走南闯北做活，一生行善积德。十里八村的乡亲们都领教了他高超的手艺，更知晓了他的大名原来叫赵福。

（本文刊发于《黄海文学》2020 年第 4 期、《上海故事》2020 年第 12 期、《传奇传记文学选刊》2021 年第 4 期转载）

青溪龙砚

龙眼山上，众匪绑来了一位约莫四十多岁，气度不凡，跟着几个随从的中年男子。

看样子，是个大人物，是笔"肥票"，匪首方教成嘀咕着，斜着眼，细瞧那中年男子。男子抬起两道黑眉，剑锋似的刺过来，方教成心头不由一颤。

"弟兄们，给我好好搜几遍。"方教成抿了一口茶，提高嗓音说，"听说最近咱县里来了个青天大老爷，一来就分富人家的田地。"方教成猛地站起身，"咱们的日子有了奔头，大家伙分了这最后一笔钱财，各奔东西吧，毕竟干这行，提心吊胆，说不好丢了小命啦。"

众匪纷纷叫好，被绑的中年男子也侧耳倾听，连连颔首道："好，好！"方教成觉得挺奇怪，便说："你都被绑了，还好个屁！当然，你要是把大笔赎金痛痛快快拿出来，自然是你好我好，大家都好。大人你身娇体贵，瞅不上这点儿小钱，对不？"

搜遍几人全身，却只搜出几个铜板。

方教成紧皱眉头，想叫人下山报信，拿五百两白银赎人。

"哈哈……"中年男子仰头大笑，缓步走向方教成，"您就算把我家抄了，也搜不出几两银子。"

"糊弄谁呢？"方教成眼神里充满狐疑，"瞧你的谈吐和气质，不是当官就是经商的，咋能没有钱财？"

"惭愧，惭愧。"中年男子叹了口气，摇摇头，说，"老夫取财无道啊。"

方教成自然不相信他的话，传话刚劫上山帮忙烧火做饭的老孙头来认认人。

只见老孙头一瞧那中年男子，"扑通"一声，跪了下来，连连喊："大人饶命，小民罪该万死！"

原来这老孙头前几天分到了田地，认出这肉票就是新上任的淳安知县海瑞大人。

这海瑞一到任就重新清丈土地，分田给贫户，规定富豪和贫户不同的赋税，大大减轻了贫户负担。他还经常微服私访，深入民间体察民情。这不，他携两三个随从到偏远的威坪镇洞源村查访，被绑上了山。

听闻海大人名号，方教成慌忙亲自给海瑞一众人松绑，叩首赔礼，敬茶请上座。

"大人您有大量，饶恕小的们吧。"众匪皆惶恐起来，连声说赎金不要了，还说要护送海大人下山。

海瑞摆摆手，笑笑说："难得你们幡然悔悟，你们的命还是你们的，我不拿。不过我的赎金还是要给的，总不能让大家空欢喜一场啊。"

众匪一听，面面相觑，谁都知道海大人一生两袖清风，哪有钱财。现在要是雇轿子送他回去估计众人还要贴钱才行呢。

这时，海瑞从衣兜里掏出一块黑色石头，"这是我刚在这山上捡的。"海瑞掂了掂说，"这石头，经过日晒、雨淋、风吹，石质坚硬，外形漂亮，是制作砚台的好材料。"

刚才海瑞爬上龙眼山时，见山下水潭里有无数形状各异的黑石，捡起来细看，黑石平滑光亮，隐约闪烁着金银的纹理。

"这可是上天赠送的泼天财富呢。"

当日，海瑞拣了几块石头，叫随从快马加鞭带到安徽歙县，找一位他熟识的制砚工匠，试着做砚台。

几天后拿回砚台，只见其造型美观，石质细腻，肌理缜密，叩之有铮铮金石声。海瑞滴清水入砚台，磨开墨，笔酣墨饱，挥毫泼墨，笔走龙蛇。海瑞频频点头："这砚在发墨渗水方面和歙砚几乎一模一样，妙，妙。"

海瑞面露喜色，他让方教成带着他的兄弟们每人挑着一担石头，到歙县去拜师学艺。临行前，海瑞掏出仅有的一些俸禄，还典当了夫人的一些首饰给他们当作盘缠和拜师费用。

方教成含泪和弟兄们跪下，朝远去的海瑞背影拜了又拜。几年后，方教成他们学成归来，已经离任的海瑞得知后，又筹措资金帮他们在龙眼山脚下办起了一家制砚坊，采石制砚。

几个年轻人很用心，都学到了好手艺，尤其是方教成，他聪明好学，刻苦钻研，既汲取歙砚的工艺精华，又广泛吸收千岛湖民间砖、木、石三雕艺术精粹，手艺甚为精湛。

随便拿起一块石料，看形状大小，方教成便能构思出想要刻的图案，无须复样临摹。他下刀如神，雕刻出许多历史典故和民间传说中的动物、花卉及禽兽等图案，譬如"双龙戏珠""蛟龙求凤""松竹常青""龟寿延年"等等。每只砚台画面栩栩如生，刀法娴熟简洁，立体感颇强。

砚台磨光上蜡后，呵气成雾，储水不涸，发墨细腻，深受书画家喜爱，一到市场售卖，立马告罄。

方教成他们靠着制卖砚台，个个娶妻成家，安居乐业。为永生铭记海瑞的恩德，他们称此砚为"海公砚"。海瑞知晓后却不赞同，飞书一封："此非我一人之功也。"因淳安曾名"青溪"，砚石又以龙眼山岩石雕刻而成，故海瑞将其称为青溪龙砚。

后经方教成后人几百年传承、改进，如今，青溪龙砚配上香樟精制盒子，盒盖刻有著名书法家沙孟海先生题写的"青溪龙砚"四字，相映生辉，已成为淳安的省级非物质文化遗产，与绍兴越砚、江山西砚并称为浙江三大名砚。

（本文刊发于《小小说月刊》2021年4月上期）

激扬的青春

　　我是一名乡邮员，今年二十七岁。每天我的工作就是分信送件，日复一日，年复一年，日子平静地吹不出一丝褶子，自己都感觉青春的激情消耗得差不多了。

　　这些年，通信方式发达，网购的物品倒是多起来了，信件少了许多。

　　这天，我在分拣挂号信时叫了起来："收件人居然是一位烈士，没开玩笑吧？"同事们都围过来看热闹。

　　我擦了擦眼睛，仔细看了看信封，上面写着"朱永祥烈士收"，信封下方有一段话："该烈士（二十七岁）于一九四七年十二月牺牲于菏泽战役。还望邮递员同志辛苦一下，帮烈士找到家，谢谢。"落款是一个叫华明的人，来自某烈士陵园管理处。

　　哦，还是位"同龄人"嘛，我心中顿时涌起一股热浪，充满全身。这封信重量轻，但份量不轻，捏在手里沉甸甸的。

　　收件人的地址"诸夏村"，经过几次行政区划沿革后，现在早已不存在了。或许是同音的"朱下村"吧？我细细琢磨，赶紧驱车来到了朱下村。

不查不知道，一查吓一跳。朱下村是个大村，有近八百户，六千多口人，算上已故人员，数量很庞大。我又专程去了派出所，花费整整几小时，结果查无此人。

按照常规，这信完全可以作为退信处理，但我不甘心，就一心想找到"收件人"。于是我每天送信途中见人就问，可惜都没有人认识"朱永祥"。

"朱永祥呵，你到底在哪里呀？"妻子说我梦里也在反复唠叨，看来我真是"着了魔"。

几天后，我听一位老人说，离朱下村两公里的寨后村有几个姓朱的烈士。我欣喜若狂，马上去了寨后村，找遍姓朱的几户人家，结果一场空欢喜，信息对不上。

没办法，我只得绕回朱下村，重新挨家挨户询问。

"踏破铁鞋无觅处，得来全不费工夫。"那天，在村东口，我偶然问到一位正在闲谈的八旬老人，他自称与朱永祥家的老宅一墙之隔，还比画着描述，他印象中的"朱永祥"是一位高个子机枪手。老人用笔歪歪扭扭在香烟壳纸上写了个地址，塞给我。按着老人给的信息，我找到了朱永祥侄子，我把好消息告诉了寄件人华明。送信那天，华明特地赶来。他和我聊了他的经历。

　　几年前，作为退伍老兵的华明来到烈士陵园，守护着这些未曾谋面的"战友"。那年，华明刚好也是二十七岁。每天，他用毛巾把一块块碑擦得干干净净，尽管碑上连烈士名字也没有，但华明仿佛看到了一张张洋溢着青春气息的笑脸。每逢清明和冬至，华明自掏腰包，买几十束鲜花——放在每块碑前。

　　华明总想为这些战友做些什么。他寻求各方部门帮助，经过查阅资料，几番努力，终于找到了这支部队花名册。

　　邵××，山东威海蒋西区巨野村，二十一岁；

　　陈××，安徽霍邱三区黄家庄，二十二岁；

　　赵××，山东沂东梁水区苏村，二十六岁；

　　张××，山东费县三区茂峪村，十九岁；

　　牟××，湖南荣林玉凤区牟家洲，二十一岁；

　　……

　　一个个烈士生命的最后旅程，浓缩在这密密麻麻的表格里。望着这些陌生的名字，泪水模糊了华明的双眼。无名烈士有了名字，如何找到烈士的家人，让烈士"回家"，华明想到了写信的方式。

　　华明在信封上用大字号标明，收信人是烈士名字，落款是烈士陵园的详细地址，并附上自己手机号。八十多封迟到近七十年的家书，带着华明的殷切期待，从烈士陵园发往全国各地……

听了华明的讲述，我朝他竖起了大拇指，"你真了不起。"华明摇摇头，喃喃自语："我做这些不算啥，要知道这代表了战友们绽放的短暂青春啊！"

朱永祥的侄子，四十五年来第一次收到未曾见面，但总听奶奶生前反反复复唠叨起的叔叔的信件。他一激动，跑到山上，把信放在一座坟前，大声说："奶奶，叔叔终于有消息了，您老可以安息了。"

华明动情地告诉在场的乡亲们，一九四七年，为策应刘邓大军过黄河，华东野战军第八纵队二十三师发起"菏泽奔袭战"。朱永祥同志就是其中一名战士，那年他刚好二十七岁。将士们怀揣着"埋骨何须桑梓地，人生无处不青山"的爱国情怀奔赴前线，不少人从此一去不回……听罢，乡亲们用袖口纷纷擦泪，从不轻易落泪的我，泪水在眼眶里一直翻滚。

阳光明媚的一天，朱永祥的亲人们来到烈士陵园。由于不知道朱永祥烈士埋在哪座墓里，他们便在每座碑前都虔诚地拜了几拜。临走时，他们从陵园里刨了三抔黄土，装在牛皮信封里，带回了村，安葬在亲人坟墓旁边。至此，在外漂泊了近七十年的朱永祥烈士的忠魂，以特殊的方式"回"到了亲人们身边，"回"到了生养他的故土。

《隔着生死和近七十年时光，二十七岁的邮递员帮生命定格在二十七岁的烈士找到回家之路》的新闻报道铺天盖地，我受到了上级部门的表彰。第一次，我觉得自己平凡的脚步也可以走上伟大的行程。

当晚，我睡得正香。耳旁响起一个陌生但亲切的声音："谢谢你，帮我找到了家。"

"别这么说，这是我应尽的责任。"我说，"你们用冰冷的墓碑换来了和平，我们应该用温暖来告慰你们。"我说得有些慷慨激昂。

我想上前握住他的手，却一下子醒了。

我要保持对生活的热忱，把每一天活得热气腾腾。我想尽自己的力量帮助更多烈士回家。我要让我的青春也激扬起来。

（本文获《故事会》2021"红色记忆"主题故事征文优秀作品、获浙江邮政文联"建党百年 邮政献礼"主题征文三等奖、刊发于《故事会》2021年征文特刊）

制笔匠老牧

相传两千多年前，秦国大将蒙恬被秦始皇遣往江南购置珍玩。他却私自将银两用于赈灾而不敢回朝，在湖州善琏镇永欣寺小住。一次打猎归途中，蒙恬发现山羊毛可供制笔，便将羊毛纳入竹管，制成了毛笔，并将这一技艺传授给善琏村民，使他们制作的湖笔名扬天下，蒙恬也被尊为笔祖。

当老牧还是小牧时，就跟着来自善琏的师傅在村里笔厂当学徒，后来离开笔厂，自己办厂，和湖笔整整打了四十多年交道，在老家是一位名头响当当的制笔匠。

制湖笔，原料讲究。竹是本地苦竹，竹内节稀杆直，空隙小。羊毛得是山羊毛，最好是公羊。但小牧老家的山羊是放牧的，锋头被柴草树木摩擦掉了。北方因天冷，羊毛软，不能用。江西等地的羊毛太粗太硬，没有锋头，也没用。最好是长江三角洲地区，如江浙南通、海门、宜兴，还有上虞的。羊毛要冬季的，过年时宰杀的采集最好。山羊产区有专门收购的人，把收集的羊毛进行挑选，分成几百个等级。领棕毛最好，一只羊只有四两可采。正如诗人白居易说的："千万中捡一毫。" 选好羊毛需要练就一双"火眼金睛"，不然一些心术不正的人会把劣质毛裹在里面，以次充好。因此每年一入冬，厂长便亲自出门收羊毛。

制湖笔，工艺复杂。

采竹、锯竹、挑杆、梳毛、扎笔、装套、镶嵌、择笔、刻字有三十多道工序，一道疏忽，前功尽弃。每道工序，需要长期操作才能得心应手。其中的梳毛和择笔两道工序最不好干。

梳毛的人每天要坐在水盆前十多小时，将羊毛放在一只水盆中，反复梳洗整理，用牛角骨梳把毛梳直，笃齐，剔去断头的、无锋的、曲而不直的、扁而不圆的毛，把笔头的锋颖长短加以区分。

长期浸在水里的手特别嫩，很容易被角梳刺伤。夏天，手被泡得发霉。冬天，在冰冷的水中，手被冻僵，还生冻疮。加上羊毛中的细菌感染，皮肉溃疡是常事。

择笔更考验功力，左手执笔，右手拿一把小刀，用刀修去笔头中的劣毛，留其精华，使锋颖圆润。刀虽小，拿起来却重似千斤。哪根毛留，哪根毛去，完全凭着经验和眼力。大拇指和刀片一起夹掉杂毛，右手拇指全是硬茧。要当好择笔工，非苦干十年不成。

厂里一般的制笔工，只学一两道工序，譬如做梳毛的只学梳毛，择笔的只做择笔。小牧好像天生是制笔全才，所有工序学得又精又好，哪里需要去哪里，成为业务骨干，深得老厂长器重，很快被任命为副厂长。

那年冬天，老厂长病了，小牧受厂长委派，按着老厂长给的联系地址出门采购羊毛。几天后，小牧采购回来，交给了生产车间。

这天，梳毛工人跑到老厂长面前，说小牧采购回来的羊毛是次品，老是断毛。

老厂长赶过去，拿起毛一看，果然是次品。老厂长怒火冲天："把小牧给我叫来！"

小牧听闻也赶来，一查看，百思不得其解，明明按老厂长联系的地方采购，自己亲自验收，怎么会是次品呢？蹲在地上想了半天，小牧突然站起身来，找寻起来装毛的布包。

在角落里，小牧找到布包，里里外外，细细翻看，瞪大双眼，才发现这不是自己的包，款式颜色一模一样而已。

"被人调包了。"小牧绞尽脑汁回想，对，在返程火车上，自己太困，打了个盹，有人调了包。

"厂长，不管怎样，责任在我。我赔。"小牧说。

"你怎么赔？现在好羊毛都采购完了。"老厂长又急又气。

　　小牧拿出了自己积攒的钱，辞去副厂长职务，又辞去工作，到浙南一带闯荡去了。

　　小牧开了间制笔家庭作坊，自己是老板也是员工，采购、制笔、销售。老婆心疼他，抱着孩子过来帮他。小牧凭着高超手艺，乘着改革东风，吃苦耐劳，经过十多年发展，制笔厂生意越做越红火，成了远近闻名的大企业。小牧也变成了老牧，五十多岁就两鬓斑白。

　　那年回乡祭祖，老牧了解到村里制笔厂经营不善，濒临倒闭。老牧找到老厂长，提出由自己出资兼并村里笔厂。老厂长感动不已。

　　村制笔厂重新焕发生机，老厂长提着一瓶茅台，来到老牧家。

　　"小牧，不，老牧，牧总。"老厂长一激动，说话语无伦次。他颤抖着手，拧开茅台酒瓶盖，说："这酒我珍藏了十多年，舍不得，也不敢喝。"老厂长给老牧倒满酒，一饮而尽，"牧总，今天我给你赔罪了。"说着，双膝跪下。老牧赶忙扶起他。

　　"哎，当年是我派人偷换了你的包。"喝得有点醉醺醺的老厂长贴着老牧的耳朵说，"有人送了我这瓶茅台，让我把你挤下去。"

　　"我早知道了。"老牧一脸平静，站起身，从衣服兜里拿出一支用了很久的湖笔，指着笔头对老厂长感慨道，"人生啊，就像这一支毛笔，开始笔头很尖很硬，容易伤到人，写多了，经历多了，就变得圆润起来。"老牧仰头，一口闷了茅台，"咔嚓"一声，折断了湖笔，"当时如果我承受不了，就像这笔一样断啰……"

"对，对。"老厂长伸出大拇指，不住点头。

两人一醉方休。

（本文刊发于《小小说月刊》2020年12月上期，入选2021届"超级全能王"高三全国卷地区4月联考语文阅读理解题、云南大理巍山县2020—2021学年高二4月月考语文试卷阅读理解题、2022年高考语文文学类文本阅读考点专练）

海岛信使孙杞

　　冬日的午后，长江入海口碧海浩渺、波光粼粼。浪花、礁石、海鸥，构成了枸杞岛独特的美景，这对于乡邮员孙杞来说早已习以为常。

　　"来了，来了！"身着墨绿色邮政服的他守候在码头，盯着载着邮包的客船缓缓靠拢。

　　舟山群岛是浙江履行普遍服务难度最大的地区，尤其是枸杞岛，地处嵊泗列岛偏远位置，是浙江省东部海岛县嵊泗较偏远的住人岛之一，开展邮政投递服务难度较大。一听到这个地方，不少邮递员就会连连摇头。但孙杞从事邮政服务工作已经三十四年，在枸杞岛行走里程超过十二万公里，投递过邮包上百万个、信件五十余万件。

　　"呜……呜……"随着"嵊翔16"轮靠岸，等候多时的投递员们围了上去。

　　"我和小孔上船传邮包，剩下的人接应。"孙杞一声令下，大家分工合作。

　　五十二岁的孙杞，身材高大，皮肤黝黑。他和徒弟孔其军三步并作两步登上甲板，掀开墨绿色的防雨布，抬起装满邮包的麻袋递给同事，一麻袋邮包有五六十斤，一般一趟会有九十来袋，总共四五千斤，一般人有点吃不消。

"兄弟们，速度加快，乘客差不多走光了。"孙杞瞄了眼船舱提醒道。

这艘客船停靠嵊泗各个东部小岛，既运送乘客，又肩负着运送邮包的任务。为了不耽误班次航程，每次的邮包转运都要争分夺秒。不到三十分钟，邮包堆满了码头一角。清点好数量，大家将邮包转移上车，驶向枸杞乡邮政所。

"老孙，你咋回来了？"

"最近邮包比较多，我来帮帮忙！"二十分钟后，车子驶入大王村滨港路，不少乡亲跟孙杞打招呼。

"这里上至一百岁、下至四十岁的人，我都认识。"孙杞自豪地说。

去年底，孙杞调到县分公司担任押运监控班班长。虽然岗位变了，但他常常利用业余时间来枸杞岛帮忙处理邮包。接卸、消杀、开拆、分拣……孙杞熟练地操作着，很快各个区块的邮包分拣完毕。

第一站去石浦村，别看路上风景美，以前可是很危险的。大王村到石浦村之间的路全都临海，以前一侧是羊肠石径，一侧是令人生畏的"天梯"。如今虽然泥泞小路已经变成了柏油路，也变得更宽敞了，但道路依然曲折。孙杞清晰记得，年轻时，他在这条路上摔倒过无数次。

一九八七年，十八岁的孙杞高中毕业进入乡邮电所。当时，岛上有一万多人，每天投递路程有十多公里，是嵊泗县最长的一条邮路，路上除了陡峭石阶就是坑洼泥地，投递全靠徒步。

孙杞克服重重困难，硬是挑着一根扁担，靠着两条腿，将邮包从码头一趟又一趟挑回所里。晴天一身灰尘，雨天泥泞不堪，一不留神，还会摔个跟头，弄得满身泥。当时海岛上还驻守着部队，不管刮风下雨，还是夜半三更，只要来了加急电报，孙杞都会第一时间送到军人手中。

孙杞这一挑便是十几年，他从一个白面瘦弱的小伙挑成了黝黑壮实的大叔。他穿破解放鞋五十多双，挑断七根扁担，凭着一根扁担两条腿，凭着热爱邮政的满腔热血，挑出了海岛邮政人的"扁担精神"。

"作为土生土长的枸杞人，我想为老百姓做点事。"孙杞自己也没想到一干就是这么久，还把原先的名字"孙奇"改为"孙杞"。而今，乡邮所配了邮政车，曾经陪伴他多年的扁担光荣"退休"了。

"孙哥，你来了。"车子驶入沙尔角民宿，远远就听到经营户柴海红的声音。孙杞连忙下车，取出包裹递上去。

"最近生意怎么样？"

"天气冷了游客少了。"

"都快过年了，可以休息了。"

七拐八弯，一村又一村，来到了枸杞乡卫生院。孙杞打开后备厢，搬出一箱药品。孙杞走入院内，和一位护士打招呼后把药品放进传达室。

"孙哥，麻烦了！"离开时，护士朝孙杞挥挥手，"刚好看到你们的包裹，怕你们急用就送来了。"

再次回到所里，不少人正在寄件取件，孔其军在一旁提醒注意事项。孙杞喝了口水，也加入其中。

半小时后，所里人少了。

"小孔工作越来越仔细，我放心了！"

"都是跟你学的。"

孙杞和孔其军师徒俩边收拾边聊天。

夕阳西下，余晖给山海染上了一层金边，岛上显得格外静谧而美好。望着街道巷口的民居，孙杞深情地说："我相信咱们的邮路会越来越好！乡亲们的日子也会越来越好！"

小镇骆爷

　　小镇南面有一家澡堂，老板姓骆，大伙们都称他为骆爷。骆爷不是本地人，很早跟着父辈从扬州过来的。

　　骆爷的澡堂开了有些年头了，从前台到休息间，从淋浴间到大池子，一直维持着老式澡堂格局。

　　宽敞的休息间里放着六七十张老式躺椅，躺椅后面是木质的储物柜，澡客们在前台换了钥匙进浴室门，把衣物放在柜子里，光溜溜到池子里泡去了。大浴池里整日蒸汽缭绕，白花花的人体不停晃动着。很多老澡客一泡就是一整天。

　　泡够了，到淋浴头下冲一冲。别急，这澡还没有洗完呢。老澡客们还要到躺椅上消磨大半天时间。小睡一会儿，和老伙伴下下棋，聊聊天，说说世界大事和家长里短。

　　您就在这儿泡着，就是赖上十二小时，也不会撵您走，这是老澡堂传统。骆爷从不计较这些，还时不时搭上几支烟。

　　江南多雷阵雨，尤其到了黄梅时节，又闷又热，泡回澡，提神驱乏，散发内热，"倍儿爽"。骆爷知道澡客们急着要赶头趟池水，就像老饕们赶头汤面一样，上午九点不到就开了门。

澡堂还提供搓背、修面、修脚、采耳、拔火罐等多种服务。几个师傅都是扬州请来的，手艺好着呢。

澡客中，伞爷不经常来，一个月基本来一次，来了也不家长里短地聊天，直直脱了衣裤，光着身子，泡在池子里。伞爷就想搓个背，修个面，舒服舒服。

有时，几个师傅都在忙着活。骆爷瞧见了，便放下手里事，锁好柜台抽屉，脱下长大褂，换了大裤衩，打着赤膊，蹚进池子，"伞爷啊，让我来搓吧"。澡客们一脸疑惑，他们还从来没见过老板亲自服务的。

伞爷也慌忙推辞："使不得，使不得，您是老板呐，手可金贵着呢。"

"嘿，啥金贵的，不碍事，不碍事。"骆爷边说，边随手拿起一块热的大浴巾盖在伞爷背上，"劳驾您趴会儿。"骆爷让伞爷趴在浴床上，接着抡起双拳，"啪啪啪"敲打起来，动作轻快，手法娴熟。骆爷又拿搓澡巾从上到下，从里到外，细细搓起来。伞爷闭着眼，面露微笑，仿佛骆爷每一个动作都恰到好处挠到伞爷酸痒处。

骆爷让伞爷起身，坐上石凳子，用热毛巾敷脸。几分钟后，骆爷用獾毛刷，把剃须液刷在伞爷脸上，轻轻打圈。

骆爷拿起老式剃须刀，顺着胡须纹理，"唰唰唰"，从左右两边上脸颊开剃，接着上唇胡子，脸上棱角部位，最后，检查下腭、喉结等。刮完后，温水洗净，轻轻拍干，涂上须后水。

伞爷始终闭着眼，享受着骆爷的高超手艺。

出门前，伞爷掏钱给骆爷，骆爷不收："听说您修伞也不收钱，我哪能收您的。"

"不，我的是小本生意。"伞爷坚持付钱，"您的澡堂成本可不少啊。"

伞爷说得没错，骆爷的澡堂生意已远不如以前，如今镇上兴起很多洗浴城、足浴店什么的，年轻人都喜欢去那里。房租每年上涨，水电费节节攀升，一年四季，只有秋冬生意好点，来的也都是老澡客。骆爷的澡堂真的快撑不下去了，即便如此，骆爷也不涨浴资。听说澡堂有可能要关门，老澡客们都来打听。"没呢，没呢。"骆爷微笑着，摆摆手。

骆爷心里舍不得这些老澡客，说实在话，打祖辈起，开这澡堂就是一种情怀，让老澡客们有个消遣和联络感情的地方。但随着澡客一个个老去，逝去，骆爷像失去一个个多年挚友，心里一阵阵难过。

骆爷没想到，最后亲手送走的是伞爷。

打捞上来的伞爷全身浮肿，不像个人样。在送殡仪馆前，"咱让伞爷干干净净上路吧。"骆爷说完，不由分说，背起伞爷，进了澡堂。骆爷照旧拿起一块热的大浴巾盖在伞爷背上，"伞爷，您躺好啰。"骆爷高喊一声，让伞爷四平八稳躺在浴床上，抡起双拳，"啪啪啪"敲打起来。骆爷又拿搓澡巾从上到下，从里到外，轻轻搓起来。

拿热毛巾敷脸。几分钟后，用獾毛刷，把剃须液刷在伞爷脸上，轻轻打圈。

骆爷拿起老式剃须刀，顺着胡须纹理，"唰唰唰"，从左右两边上脸颊开剃，接着上唇胡子，脸上棱角部位，最后，检查下腭、喉结等。刮完后，温水洗净，轻轻拍干，涂上须后水。

"伞爷，您一路走好。"说话间，骆爷满眼是水，不知是泪水还是汗水。

伞爷是下暴雨那天为小镇百姓送伞，回家途中不小心落水溺亡的。

骆爷的澡堂破了不为死者洗澡、搓背、修面的几百年戒规。

送走伞爷后，骆爷关了澡堂，回了扬州老家，落叶归根嘛。

（本文获富阳区第十九届郁达夫文艺奖三等奖、刊发于《山西文学》2021 年第 2 期、《富春江》2022 年第 4 期）

西湖莼菜汤

唐婶的小饭馆开在 320 国道旁边，来吃饭的大多是南来北往的司机。唐婶亲自掌勺，一般以家常菜为主，菜肴新鲜，价格便宜，给司机以"家"的感觉，生意很是火爆。

末了，唐婶会赠送每桌一道西湖莼菜汤。

唐婶将凌晨采摘的莼菜洗净，倒入沸水中，一余，快速捞出，放入汤盘中，再把鸡肉、火腿熬制的原汤加少许食盐放进锅内，烧开，浇在莼菜上，撒一把切好的鸡丝、火腿丝，淋上热鸡油。

"自家种的，鲜得很，尝尝。"

莼菜翠绿，鸡肉雪白，火腿通红，滑嫩清香，汤纯味美，食客们频频点头。

此刻，忙活了半天的唐婶会解下围裙，从厨房里出来，拿出半包烟，乐呵呵给食客分着。唐婶会用她独有的沙哑声音，说着一口并不标准的普通话，站在饭馆中央和食客们谈论起西湖莼菜汤这一道美味。

显然，唐婶早已把西湖莼菜汤的典故烂熟于心了，只有小学文化程度的她竟能说出"莼羹鲈脍"如此文雅的成语，还和食客们分享故事。据说，东晋的张翰当年在洛阳做官，每当见到秋风乍起，寒意初露，就会思念家乡那"脱俗可人，清韵雅致"的美味"莼鲈"——西湖莼菜与松江鲈鱼，他毅然决然弃官归乡，守庐植莼，颐养天年。从此，"莼鲈之思"成为了游子思乡的代名词。

说着说着，唐婶挽起袖口，轻轻擦拭泛起泪花的红眼眶。

莼菜是唐婶村里家家户户都种植的传统农作物，生长于池塘里水底淤泥中，叶片浮在水面上，呈椭圆形，正面绿色，背面暗红，并附有透明黏液胶状物质。每年清明至秋分为采莼期。

莼菜采摘没有机器，全靠人工。清明一过，凌晨两三点，顶着头上白月光，唐婶出了门，走到自家池塘边，熟练地在一艘小船上绑好遮阳挡雨的篷布，戴好草帽，套上袖套，戴着手套，一头钻进小船里。唐婶在胸口垫着一个用橡胶内胎做的垫子，这样能够舒服些，趴着采莼菜，狭小的空间几乎不能多动。

直采到上午九点多才起身回家，六七个小时趴着采收，往往累得腰酸背疼。两只手长时间泡在水里，又红又肿。

唐婶把采摘来的莼菜分挑后拿到饭馆，顾不上休息，就开始一天的营业。

村里其他人家采莼菜基本是年轻小伙子，只有唐婶家例外。

二十多年前，唐婶刚满三岁的儿子在大路口被人拐走了。夫妻俩上北京，下福建，天南海北，找寻十多年，杳无音信。钱花完了，丈夫也遇车祸去世了。五十出头的唐婶一夜愁白了头，思量好久，唐婶回到老家西湖乡双浦村，种起莼菜，在儿子被拐的路口，开起一家小饭馆。曾记得刚刚能吃辅食的儿子最爱喝的就是唐婶做的西湖莼菜汤。每次做这道菜时，唐婶把对儿子的思念全部融化在汤里了，格外用心。

每次结账，唐婶都会给司机抹个零，优惠一些，接着从柜台抽屉里拿出几张泛黄的寻人启事的纸郑重地交在司机手上，鞠上一躬："您走南闯北，见得多，帮忙着留点心。"

"好咧，好咧。"司机攥紧纸，打着饱嗝，出了门。唐婶望着远去的车辆，她那张布满皱纹的脸上露出一丝丝笑意，仿佛又载走了一份期望。

年年岁岁，岁岁年年。司机们带走了唐婶的一个个希望，也带回了一个个失望。转眼又是年末了，唐婶等来的是国道的扩建通知，道路两旁的旅馆、饭馆都要拆除。由于对赔偿款不满，村民们迟迟不肯签拆迁协议。

没想到，唐婶却第一个同意拆除。"哎，签吧，这么多年过去了，儿子也没个音信。"唐婶叹了口气说，"饭馆拆了，只希望那碗西湖莼菜汤的味道能留在儿子心里吧。"

村民们都没话说了，便跟着签了协议。

每天早晨和傍晚，唐婶会到新建的国道边，散散步，偶尔踮起脚，眯着老花眼，望着远方……

又到了一年除夕，一位曾经的食客，热心的司机并没有忘记唐婶的嘱托，开着车，载着一个酷似丈夫脸庞的高大的年轻人，意外地出现在唐婶面前。盯着年轻人看了好久好久，唐婶赶忙从厨房里端出两碗热气腾腾的西湖莼菜汤……

［本文刊发于《东南早报》2020 年 11 月 17 日、入 2023 年杭州西湖区初中毕业生学业水平模拟语文测试卷、入 2023 年春季江苏泰州八年级期末统考试卷阅读理解题、入中考语文考前查漏补缺记叙文阅读试题（金华专用）试卷阅读理解题］

郝婆的葱包桧

一口乌黑的扁平锅，一张春卷皮子裹着半根油条，煎、压、翻面，不一会儿，被烤得表皮金黄，香气扑鼻。

"铛铛铛"，郝婆用锅铲敲着锅沿，脆生生喊着："来，来，葱包桧好吃哩。"

食客们纷纷围过来。

"郝婆，烤焦点。"

"油条新不新鲜啦？"

"甜酱哩？辣酱太辣了。"

郝婆一一回复，给他们递过去一只只葱包桧。

说起杭州著名的风味小吃葱包桧，有一个历史典故。宋朝抗金名将岳飞以"莫须有"罪名被害后，杭州百姓十分痛恨秦桧夫妇。一家卖油炸食品的店主王二，捏了两个人形面块比作秦桧夫妇，将他们揿到一块，用棒一压，投入油锅里炸，嘴里还念念有词："油炸桧儿吃。"这就是油条的来历。王二有时油炸桧炸多了，卖不出去，而冷了以后的油炸桧又软又韧，味道不佳。王二便把烤熟的油炸桧同葱段卷入拌着甜面酱的春饼里，再用铁板压烤，烤到表皮呈金黄色，油炸桧会"吱吱吱"发出声响。烤完后王二一尝，觉得葱香可口，取名叫"葱包桧"，一直流传至今。

郝婆做葱包桧三十多年了，春卷皮子是自己烙的，油条是自己炸的，连酱料也是自己做的。郝婆把红尖椒拔去蒂头，晒干搅碎，把碎辣椒渣子灌到瓶子里，拌上盐，浇上一层油封好。做酱时，就倒出放到锅里煮，加上水、糖和味精，等辣椒糊不稀不浓的时候就做成了辣酱。做甜酱关键在香料，郝婆把茴香、桂皮、香叶、香果等煮成香料汤，和着面糊就一起煮，等煮成稀糊时，特制的甜酱就出锅了。郝婆的辣酱恰到好处，不伤胃，甜酱甜而不腻，吸引着大批忠实的食客。

别看郝婆年近七旬了，她的手劲儿好着呢，一个铁板上下左右地压，鼓着的油条桧儿就泄了气，包着的春卷皮儿裹紧了卷个小边，截成长段儿的青葱一夹进去就"嘶哩嘶哩"地冒着香味儿。

食客们递过钱，烫着手，接过葱包桧，涂抹上酱，是吃葱包桧最大的乐趣，每人有自己独特的涂法。食客们把葱包桧折得两头贴牢，一点点地把溢出来的酱舔掉，大口地咬下去。蜜甜的酱里滑过几分辣，香喷喷，甜丝丝。喜欢辣的，抹满辣酱，吃得直冒汗，不住赞叹："够味，够味。"

葱包桧制作虽然简单，但郝婆选的食材新鲜，下心思做，丝毫不马虎。生意好的时候，一天可以卖上三百多个。

郝婆命苦，丈夫生病早逝，自己没多少文化，不久后在丝织厂下了岗，就在街口摆了摊，靠着卖葱包桧，把独养的儿子渐渐拉扯大。那时，儿子一放学就坐在妈妈摊前的小桌上写作业，写到天黑才独自回家，晚饭就是嚼几只葱包桧。"吃得苦中苦，方为人上人。"郝婆总是这样叮嘱儿子。

令郝婆欣慰的是儿子大学毕业后进入省城某机关，靠着吃苦耐劳，勤奋工作，很快提了干，成了家。

虽说这几年儿子很少回家，但老打电话来催郝婆上省城享享福。郝婆不想沾儿子的光，想继续卖她的葱包桧。

今年国庆节一大早，儿子开车来到郝婆摊前，郝婆正在忙活。

儿子让郝婆歇一会："姆妈，如今儿子经济宽裕多了，养得起您老，您就别干啦。"

"姆妈晓得你孝顺，姆妈现在还做得动。"郝婆一边招呼顾客，一边拿起一只刚出炉的葱包桧，涂上酱，递给儿子。

儿子咬了一口，"辣，太辣。"他龇牙咧嘴的。

"辣？"郝婆笑了，"这还不是你小时候的味，你忘了？"

"姆妈，您那油条也炸得太老了，我咬不动，牙都快磕掉啦。"儿子又抱怨起来。

"哈哈，你别以为姆妈老糊涂了。"郝婆边下面团开炸油条，边正色对儿子说，"你瞧这油条，油煎得少呢，不会熟。要是煎过头，就变成老油条，硬邦邦，咬不动，成废料喽。"

知子莫若母，从儿子恍惚的眼神中，郝婆明白儿子一定是遇到棘手的事情："听说你现在混得不错，掌握了一点实权？"

儿子点点头。

"姆妈就一句话，你做的事若是不正，就会像秦桧一样，被人唾弃一辈子。"

儿子盯着母亲，回味着母亲的话，若有所悟，硬着头皮，把剩下的葱包桧吃了下去，两眼辣出泪水。"姆妈，我知道该怎么做了，您忙您的。"儿子说完便开车走了。

"来，来，好吃的葱包桧，来吃哦！"郝婆望着远去的儿子，微笑着，依然把扁平锅敲得"铛铛铛"响，回荡在空中，久久不散……

（本文刊发于《新青年》2021年第1期、《海口日报》2021年3月21日）

同泰堂郑掌柜

那日，杭城河坊街上人群攒动，热闹非凡，围观的百姓们都知晓今日新开张的同泰堂将当街制作全鹿丸。

站在店堂门前的掌柜郑九仁，面容清瘦，戴着一副阔边眼镜，蓄着短须，慈眉善目，嘴不离烟斗。前几日他令伙计们张灯结彩，张榜告示街坊。今日鸣锣击鼓，将一头活鹿抬出，绕街一圈，把鹿缢死，放血，大庭广众之下，把全鹿与当归、玉桂、补骨脂等原料拌匀。

喝彩声一片。

杭城的中药业盛于南宋，当时名铺、药肆遍布坊巷。历经元朝、明朝、清朝后，河坊街、官巷口、望仙桥一带名店倍出。富春人士郑九仁，蓄银五千两，于清嘉庆五年，来杭城创立了同泰堂。

要想在中药业林立的杭城站稳脚跟，中药材必须正宗地道。郑掌柜谨记"以义为利，以仁存心"的经商理念，亲赴产地，他择药尤精，选料甚严。

枸杞须用宁夏货，择其味甜，肉厚，色红；川贝

155

须产于阿坝，拣质坚实，颗粒均匀，顶端不开裂；党参须进山西潞党，选独支不分叉，甜性肥壮……

郑掌柜很讲究中药的炮制和储藏，去芯、刷毛、刮皮、斩根、剔梗，让其药效发挥更佳作用。根据不同药性，不同季节，分别装入缸、甏、箱之中，采用封闭、隔热、通风的方法，上灰密封，对贵重药材加入不同药材同放，利用药材的不同药性起到防虫蛀、防霉变作用。

中药饮片上柜后，郑掌柜细心挑拣，分档净选。郑掌柜更有雅兴，调配药方签章，喜冠以"福仙芝""济世丸""圣道丹"等雅号。

一位患者上门求医："我开始用三克吴茱萸，服用后没效果，增加到九克还是没效果，现在加到五十克还是没效果。"

郑掌柜拿过吴茱萸一瞧，抽了口烟，摇摇头，"这药材不地道，不吃出病来就不错了。"郑掌柜让患者服用自家的吴茱萸两克，隔日后病根就除了。

街坊吴老伯拉肚服用黄连素几日，效果不明显。郑掌柜拿起黄连素，用手一扭，成了渣子。郑掌柜吸了口烟，闻了闻："这黄连素的川黄早已'破身'，川黄含量低。"吴老伯服用同泰堂黄连素当日，肚子就舒服多了。

患者们四处宣扬，前来同泰堂购买药材的人快踏断了门槛。

同泰堂生意火了，同行们便嫉妒了，尤其是"宝善堂"的陆掌柜坐不住了。作为深耕杭城多年的中药世家，如今风头被外地佬开的药馆盖过了，陆掌柜不甘，心生一计。

这日，来了一位穿戴华丽的高贵妇人，领着丫鬟，提着用同泰堂袋子装的药物，气势汹汹地来到同泰堂。"掌柜你出来！"妇人捂着肚子，高声嚷道，"你们的阿胶，我吃了几天，拉了几天肚子，分明是假货。"这一嚷，看热闹的人围得里三层外三层。

伙计赶紧进去叫掌柜，郑掌柜还是叼着烟斗，笑眯眯，踱着步出来。他客气地让妇人上座，敬上一杯好茶。

郑掌柜仔细询问后，拿出妇人的一小块阿胶，放入火炉中，加沸水，大火煮开，半小时后，胶水溶液呈现出棕褐色，下沉大片胶丝结片及黑渣。郑掌柜又从自家柜中取出一大块阿胶，同样放入火炉中，加沸水，大火煮开，半小时后，溶液呈现出棕红色，澄明，下层无沉淀，清而不浊。

徐徐吸了几口烟，郑掌柜笑着说："这才是本店真品，你那是假货，乃猪皮、狗皮伪造的。"

"空口无凭，你何以证明？"妇人依旧不依不饶。

郑掌柜便从内室拿出一张画卷，让伙计们拉开，足足有三米长，上面图文并茂，详细记载了同泰堂煎阿胶的每一个步骤。郑掌柜再吸一口烟，缓缓给大家解释。

同泰堂的阿胶取自每年年初采购的山东上等驴皮，浸润后，刨去皮毛，除掉杂质，漂至秋时晒干收藏，立冬以后开炉煎膏。接着雇请农民数十人，成队挑西湖水。每副担桶用红漆写上"同泰堂"字样，桶内浮有木牌一块，上书"胶水"两字。从湖滨码头挑水到永福寺巷同泰堂后门，全程三公里，挑水时吆喝劳动号子，煊赫于市，引人注目，以示驴皮胶煎制水质纯净，制胶后一律存放三年消除火气后再出售。

众人发出阵阵赞叹声。郑掌柜又拿出一块阿胶，把中间掰开，深吸一口烟，吹在阿胶上面，"福仙芝"三个字的鲜红招牌立马浮现眼前。

贵妇无话可说，羞红了脸，钻进人群溜走了。有人认出了是陆大小姐。"呵呵，老朽恕不远送。"郑掌柜朝门外一拱手，"若是同行，欢迎前来切磋技艺，可莫再次抹黑本店了。"

从此以后，同泰堂相安无事。郑掌柜亲自手写了一副对联挂在大门两侧："炮制虽繁必不敢省人工，品味虽贵必不敢减物力。"百岁高龄的郑掌柜无疾而终。郑掌柜其实不吸烟，他的烟草由特殊药材制成，吸烟吐气为的是鉴别自家药材雅号之用。

（本文刊发于《嘉应文学》2021年3月上期、《新青年》2021年第4期、《小小说月刊》2021年5月上期、入选部编版语文八年级下册期末测试题）

割漆匠老钱

　　小镇大户赵府的千金大小姐即将出嫁，打完家具，准备高薪聘请漆匠。

　　十里八村的漆匠闻讯赶到赵府，听了赵老爷的要求，纷纷摇头：家具必须要用纯正生漆刷，漆坏赔三倍价钱。

　　一分价钱，一分货，用生漆漆的家具，耐高温、耐氧化、耐磨损，锃亮光洁，用上百年不会脱漆。但费工时，用纯漆油漆一张桌子的工夫，用桐油可漆四张。价格高，用桐油漆，一张桌子只要四个铜钱，而纯漆却需要十二个铜钱。因此，一些普通家庭选择用桐油漆家具，用得起生漆的都是些大户人家。

　　这些漆匠，只会刷漆，却不会割生漆，别说割漆，恐怕连漆树也没见过。他们要用生漆需要去买，买回来也配制不好。

　　钱家庄的老钱十四岁学漆匠，如今快二十年了，手艺精湛。他爷爷专门种漆树割漆卖，他又学了割漆制生漆这门独特技艺。割漆这活费时、费力、产量低，又脏又累。说来也怪，别人碰上点漆，嘴唇肿得像猪八戒似的。生漆溅在老钱皮肤上也没事，看来，老钱是天生做割漆匠的命。

赵府高薪聘请漆匠的消息也传到老钱耳里，他却不动声色，每天照样忙他自己的活。

割漆是有季节性的，从夏至开始，寒露收刀，冬天不能割。叶子长得旺的时候，也就是大伏天割的漆质量最好，因为盛夏时阳光充沛，水分挥发快。其他时候，虽然也有得割，但质量不是很好。漆树娇贵，太阳一出来就不流漆了。割漆的工具，除了漆刀、河蚌壳、竹筒，还有一把刮刀。因为漆黏性足，就是到了蚌壳中，也不会很快流入竹筒，得用这把刮刀刮下去。刮刀是用八角刺树干做成的，一头削成铲刀状，另一头制成刷子状。

一到割漆的日子，天还没亮透，老钱就上了山，拿着漆刀在漆树的阳面割破树皮，露出木质，上下利索地各割一刀，割成月牙形小口，端起河蚌壳，嵌在下面的尖口子上接漆。蚌壳坚硬、锋利，难以吸入漆，是最好的接漆用具。汁液顺着月牙形小口的最下面，滴入蚌壳内，这就是原漆。

白赛雪，红似血，黑如铁，刚流出的漆液呈乳白色，与空气接触后氧化变成栗壳色，干后呈褐色。原漆会发黏，得用刮刀刮，才能把蚌壳里的原漆倒进背在身上的竹筒里。原漆割回后，若不是马上用，就放在竹筒里，上面盖一层油纸，密封保存，用时再加工。

在同行们的极力推荐下，赵府专程来请老钱。

一进赵府，老钱开了眼界，家具琳琅满目，用的全是珍贵木料。黄花梨的攒海棠花龙凤床一张，酸枝的三屏风鸳鸯床一张，酸枝的美人榻一张，嵌螺钿黄花梨的炕桌一张，嵌螺钿黄花梨的金钱柜一对。琴桌、书桌各式几张，八仙桌两张，黄花梨顶箱柜、梳妆台各两个，立地大衣镜柜一个，太师椅、圈椅各八张……

既然答应下活，老钱一点也不敢大意，亲自割来漆，配制生漆。加工就是绞漆，也叫过滤。工具有加宽的长凳、绞漆架、木板、白布、大口碗、漆桶等。选一个晴朗无风的日子，老钱和爷爷合作，把四尺多长的白洋布中间段放在大碗里，将原漆慢慢倒进白洋布里，裹好布，两人各捏紧布的一头，轻轻地绞。再把白洋布移放到漆架上，绞紧白布，漆就滤到漆桶里。过滤后的漆称纯漆，没有一点杂质，一斤原漆能绞出八两纯漆，已是相当不错了。生漆本无光，需加桐油，配制比例很重要，老钱花了好久才掌握。调匀后就可直接漆家具了。

老钱仔细观察各种木材表面粗糙和坚硬程度来选择合适的砂纸进行打磨，直至手感光滑，无突起为止。先刷底漆，老钱根据木材的密度调整底漆稠度，硬木密度高，生漆稀一些，软木则要黏稠一些。再刷两遍漆，以盖住第一遍漆为准，再用水砂纸顺着刷漆方向轻轻均匀打磨。最后刷第三遍漆，用更细的水砂纸蘸水打磨。

老钱刷漆时，一心沉浸在工作中，连睡觉都在赵府。眼看就要完工了，那晚，赵府失火。老钱惊醒后，顾不上穿外衣，冲进家具房，抢搬家具，搬最后一件家具时，一根熊熊燃烧着的房梁塌下来，狠狠压在老钱手上……

在大家努力下，浇灭了这场大火，赵府烧毁了几间屋子，但好在值钱的钱财抢运了出去。

堆放在大院内的家具，浑身黑漆漆的老钱用毛巾沾水擦了一遍后，在月色照耀下，熠熠生辉。

"用生漆就是耐火！"众人称赞。

"人全在就好，就好。"赵老爷安慰着家人，望着老钱烧伤的双手，让管家取来一张大额银票，递给老钱。

"我姓钱，但我不贪钱。"老钱摇摇头，拒收银票。"我只拿我该拿的，再说活还没干完哩。"老钱憨憨地笑着。

第二天，老钱硬是绑着纱布，漆完最后一件家具。

赵大小姐如期出嫁，赵府每年都送一些钱财过来，老钱都退了回去……自从化学漆出现后，使用起来简单方便，东家和漆匠都不愿意用生漆。老钱割下来的

163

生漆卖不出去，也没人用生漆了。但每年春天，老钱都会接到一笔大订单，要求用生漆刷板凳啊，课桌椅啊，单人床等家具，漆好后老钱按照地址送到学校，或是敬老院。

从订单上娟秀的字迹看得出，订单的东家就是出嫁的赵大小姐……

［本文刊发于《小小说月刊》2021 年 3 月上期、《上海故事》2021 年第 6 期、《青年文摘》2021 年 4 月 30 日转载、《故事会》2021 年 6 月下期转载、《传奇传记文学选刊》2021 年 8 月期转载、入选《2021 年中国微型小说精选》（长江文艺出版社）、入选 2021 江苏无锡中考语文二模试卷阅读理解题、2021 年江苏扬州宝应县 2020—2021 学年八年级语文期末测试卷阅读理解题、入山西省晋城八年级 3 月月考阅读理解题、入江苏无锡阳山中学九上 10 月月考阅读理解题］

烟匠吴老大的爱情

吴老大把独轮车推到村东头，"麦花……"一声喊。一位扎着长麻花辫的年轻女子跑出来，"小吴哥来啦！"她甜甜一笑，帮着卸工具。这是李老汉的闺女麦花。

进屋后，麦花递上毛巾，让吴老大擦汗。吴老大咧开的嘴一直合不拢，"呵呵"傻笑。

那个年代，香烟供应紧张，需要凭票购买。农村人干活累了，便拿起竹烟管，装烟丝，擦洋火，吸几口，解解乏。当时家家户户都种烟草，从烟叶到烟丝需要加工技术，于是出现了烟匠这一行当。

烟匠是力气活，一把烟刨重达十三斤，年纪小推不动，成年后才能学。居仁村的吴老大二十二岁拜师学烟匠，出师后，手艺不错，待人热忱，加上相貌堂堂，很多邻里为他牵红线，他都默不作声。

烟匠走四方，三百斤的榨床加上其他工具，起码有四百来斤，全靠烟匠用独轮车推着走，所以烟匠不像泥工瓦匠一户户上门加工，每年需固定住在一户人家。吴老大住的就是邻县李家庄李老汉家里。

　　晓得吴老大来了，整个村及附近村的村民们会把一捆捆干烟叶拿来加工。

　　做烟很辛苦，但身边有麦花的陪伴，吴老大干活挺有劲。麦花帮着弹掉烟叶上的灰尘，吴老大抽去烟叶中的茎，用稀释的菜油和水喷洒在烟叶上。两人把一张张烟叶放在一米见方的木板上，叠码整齐，上面再放一块同样大小的木板压住。

　　第二天早上五点，吴老大用五六斤重的切烟刀，把压好的烟叶切成七条，才开始吃麦花亲手做的鸡蛋面。

　　早饭后，吴老大把七条烟叠起来，夹在夹头里，放到刨烟凳上，拿粗绳索和夹板绞紧，细绳索捆住固定，露一小截在烟凳外。吴老大坐上烟凳，凝神屏气，双手握烟刨柄，不紧不慢刨起来。

　　刨烟功夫全在手上，刀刃始终要保持锋利，否则烟丝是刨不细的，而且费力气。

　　吴老大一刨子下去，"嘶嘶嘶"发出欢快的声音，麦花随着声音哼起了地方民间小曲：

　　"踏遍千山去看你，我的小阿妹，李家山高，桃江水碧，小妹今天在何方？

　　"天是一样高，水是一样绿，不知小妹你的心，爱比天高，情比海深，小妹可知我的心……

　　"千声呼唤，万声呼唤，我的小阿妹。玉山起舞，桃江扬波，今天终于找到你。

"千言万语，不知从何说起。可曾记得，我对你的真情意。阿哥阿妹在一起，生活多么甜蜜……"

吴老大的刨子一来一回，黄澄澄的烟丝像拉丝花洒满地。在麦花眼里，像婚礼上绚丽绽放的烟花。

很快，屋里弥漫起淡淡烟香，麦花觉得那是礼花留下的气味……

露出的烟叶刨完后，吴老大拿起木榔头，用力敲夹板，挪出烟叶一截，接着刨。等两刨烟做好，已是傍晚时分，吴老大累得满头大汗，狼吞虎咽吃着麦花做的可口饭菜。

麦花手巧，从小学剪纸，啥都会。刨成烟丝后，包装纸由做烟人家提供，有元书纸，桑皮纸，也有旧报纸。包烟丝有讲究，吴老大包得有棱有角。麦花把剪好的红色字画贴在包装上，什么"花好月圆""双喜临门"等吉祥语和牡丹、喜鹊等漂亮图案。吴老大眯着眼，傻笑。做烟的人家很满意，多给加工费，吴老大婉拒了。

五年了，吴老大在李老汉家做烟的时候，村民们喜欢来坐一坐，聊一聊，也有意撮合吴老大和麦花。

出人意料的是，李老汉始终摇头。

这天，麦花鼓足勇气问："为啥我不能和小吴哥在一起？"

激扬的青春
ENCITING XOUEN

李老汉抽着烟，一言不发。

麦花急了："小吴哥当时救过我的命哩！爹忘了？"

那日吴老大推着车途经一个山坳，突然听到"救命啊！"，声音一声比一声弱。

"不好，有人落水里了。"吴老大连衣裤都不脱，跳下去救人。救上来的正是麦花。

从此，吴老大就在麦花家加工烟草，临走给的钱也多。

"我这咋会忘哩？"李老汉重重敲了一下烟斗，叹了一口气，说，"可惜啊，你已经有主了。"

"什么？"麦花惊呆了，站在门外的吴老大也一下愣住了。

李老汉放下烟斗，从内室里柜拿出一把刨刀，刀片锈迹斑斑。"过去爹也是个土烟匠。"李老汉说起了往事，"那天下过雨，我推着独轮车去后湖，山路滑，连车带人掉进了湖里。"

李老汉眼眶湿润了："幸亏路过一个人，他来不及脱衣服跳下水，拼尽全力，救了我的命。"

"那人呢？"

李老汉声音哽咽起来，说话也激动起来："我送进医院几天后清醒，才得知那年轻人撇下他那年轻的媳妇和刚满月的儿子，走了。"李老汉抹把泪："那

168

人也是个土烟匠，我就珍藏了他的刨刀，留个念想吧。"

"爹结婚后生了你哥你弟和你，我总想找到那人的儿子，把你嫁给他，也算报个恩吧。"

麦花一脸不高兴："爹啊，你老封建，啥时代了还要嫁女报恩呢？"

"我四处打听，可惜一直没消息。"李老汉摇了摇头。

吴老大跨进门，拿过刨刀，翻过底面，抽出刀片，用衣袖擦了擦，模糊的一个"吴"字显现眼前。"大叔，这是我爹的刨刀，独有的刀刃，我娘告诉我的……"瞬间，吴老大涌出大把泪水。

"小吴！"

"大叔！"

李老汉和吴老大紧紧抱在了一起。

故事的结局，相信大家也猜得到：吴老大和麦花结了婚，李老汉总算了结一桩心事。你要问我咋知道的，我就是他俩的儿子吴所谓呗。

（本文刊发于《洛阳晚报》2021年6月22日）

松烟墨宝

　　江浙地区传统的三年一度的"斗墨"大赛隆重举行着，各地丹青妙手及制墨高手云集。没想到，代表杭州参赛的居然是一位年轻女子。

　　她姓孙，名墨瑶，富阳龙门墨庄第九代传人。她画着淡妆，一头乌黑短发，直刘海适中从眼皮上划过，长睫毛下是泛着水的眼睛，着一袭淡雅旗袍，在清一色的男人中很显眼。

　　昨天，经过比斗墨的材质、颜色、外型，杭州龙门墨庄与湖州罗氏墨庄名列前茅，难分高低，今日将通过现场写字作画效果做最后的评判。

　　罗庄主已年近七旬，身穿灰色长袍，他家的墨已经连续好几届夺魁，不想今年半路杀出一个丫头片子，脸上很是不屑。他步履蹒跚走上台，端坐书桌前，台下一片欢腾。罗庄主取出上好的湖笔，屏气凝神，蘸上自家的墨，"唰唰唰"，一口气不间断写了一副潇洒飘逸的狂草书对联，赢得全场喝彩。评委们也频频点头。

　　轮到孙墨瑶上台，她慢慢磨开自家的墨，放进碗中，倒入温水，握住一支狼毫笔，蘸满墨汁，俯下身子，身姿展而不夸，动作行云流水。

"富春古韵通经络，松烟墨宝定乾坤。"顷刻，一副端庄秀丽的楷书对联呈现在评委们面前，散发出一股清新淡雅的墨香。

评委们正在评判时，孙墨瑶端起那碗墨，仰头一饮而尽，在大家诧异目光中，用纸巾擦了擦，抿唇笑了笑。"咱庄出产的墨可以安全饮用，因为它是纯天然有机药墨，没有任何添加物。"孙墨瑶朗声笑道。

这位看似外表柔弱温婉的江南女子，骨子里却有着侠客般洒脱豪爽。

掌声雷动，龙门墨庄的墨不负众望，一举夺魁。罗庄主满脸写着不服气，"还望孙少庄主多多指点老夫。""岂敢，岂敢。"孙墨瑶连忙说。

古称富春的富阳，当地出产的元书纸和古墨为历代文人雅客所喜爱。富阳龙门墨庄的孙氏传人，传承古法技艺，制作书写绘画的"龙门墨"，层次分明，清香自然，遇水不化。又加入多味中药材，制作养生调理的"松烟墨"，受益于古镇得天独厚的气候和水土，品质绝佳。孙氏祖辈承袭制墨精髓，三百多年前便学得此技艺。

孙墨瑶的父亲是个乡村教师，喜欢舞文弄墨，每年全村人过年的对联都要请他书写，因为他们知道孙家的墨到了第二年，字还是很清晰。父亲有求必应，亲自研墨，写好晒在院子里等着乡亲们来取。

有一日，家里来了三个外乡人，那孩子得了腮腺炎，也叫猪头疯，这病不重，但孩子还有四天就要高考了，要隔离一星期。孩子成绩非常好，那年代考取大学很不容易，孩子父母当场就要给父亲跪下。"别跪，别跪，我试一下。"当晚父亲给孩子贴上了古墨膏药。第二天一早，孩子脸上的肿便消退了，那家人千恩万谢。孩子后来考上了北京一所大学，好几次专程赶来答谢父亲。

从此，孙墨瑶知道自家的墨不仅能写字还能治病。有一回，她腿上长疱疹，伤口感染恶化，行走十分困难，父亲见状，就为她外敷古墨，第二天伤口就不那么疼了，一个星期后痊愈。高中毕业后，孙墨瑶跟随父亲上山采集药材，潜心学习制墨手艺，自己也不断改进配方。

龙门墨庄的药墨需取自五年树龄以上的松树，去除松脂后自然阴干，烧成碳，只取烧窑内最顶上的一层碳作为原料。再加入人参、麝香、冰片等多味名贵中草药，经过制模、烧烟、熬胶、练墨、锤墨、压墨、晾墨、修墨、描金九道工序，纯手工打磨而成。

那日，有人慕名前来求医，说自己患有严重风湿关节炎。孙墨瑶检查后，取墨条沾水后涂抹在其膝盖关节处，又把松烟墨加热融化，倒入托盘中，晾至膏状敷于病人患处。热敷四十分钟之后揭下，肉眼可见其上凝结一层水珠与寒霜。

　　"大伯，您体内寒湿之气很重，需要治疗多个疗程。"孙墨瑶说。因病人急着要走，孙墨瑶开了一个月的药方和使用方法，备足了墨条和松烟墨，让病人带回去治疗之用。

　　病人面露难色，支支吾吾。一问，原来他所带的药钱远远不够，孙墨瑶听闻，摇摇头，微微一笑："大伯，给您免费。我家开墨庄就是为了以墨会友，用墨治病救人。"

　　"孙小姐果真有侠胆义肝，皆有仁慈之心，老夫实在佩服。"病人扯下伪装的面具，来者正是罗庄主。他向孙墨瑶深深作揖，孙墨瑶赶紧还礼，"您客气了。"

　　"五胆八宝修松烟，千锤百炼成方圆；奇墨入纸龙凤舞，内外兼用病魔寒。"

　　孙墨瑶谨记着祖训，力争将药墨技艺发扬光大，造福世间。

　　（本文刊发于《小小说月刊》2021年8月上期）

黄峄喜的生意经

清朝末年，黄峄喜带着家人们从江西迁至富阳永昌镇，定居下来。刚到时，黄峄喜在当地一家豆腐作坊制作豆腐。一九二二年，黄峄喜盘下作坊自行经营，取名"黄氏"臭豆腐。

当时巴掌大的永昌镇上有十多家臭豆腐作坊，竞争激烈，利润不高，许多作坊倒闭或转业。作为外来户的黄峄喜立足尤为艰难，但"黄氏"凭借精湛手艺，加上改良秘方，诚信经营，赖以生存。

"黄氏"臭豆腐的制作工序复杂，黄峄喜从来不敢大意，筛选上好的黄豆做原料，清洗三遍，浸泡两次，推转石磨，磨豆成浆，烧开豆浆，卤水点成豆花，滤去清水，平放板上，压重石块，榨干水分，做成豆腐。再把豆腐切成小小方方块状，煮熟，晾凉，放入酶缸卤水浸泡。

"黄氏"臭豆腐的独制秘方是祖辈传下的一袋老卤水，经过几代人培养，加上黄峄喜的改良配方，从一袋卤水慢慢变成十几缸卤水。小豆腐块浸泡讲究时间，夏季七八小时，冬季十多小时。时间一到，捞起就能生吃。"黄氏"臭豆腐，外陋内秀，平中见奇，独有风味，炸得金黄酥脆，趁热刷上辣酱或甜酱，香味四溢，可谓是"闻着臭，吃着香"。

有一年冬天，一位穿着补丁衣裤，衣冠不整的男子来到永昌镇，每到一家臭豆腐店，买上几块，站在店门口吃。有些店家嫌他挡了生意，让他走远些。当他来到"黄氏"臭豆腐店，黄峰喜热情迎他进店来。

"我只来吃几块臭豆腐，站店外就行。"男子有点受宠若惊。

"哪有这样的招待之礼？来的都是客嘛。"等待臭豆腐出锅前，黄峰喜泡了一杯热腾腾的茶，端了过来。

男子喝着茶，尝了块"黄氏"臭豆腐后，眼睛瞪直了，眉毛不由得往上翘，随后大口嚼起来，一连叫了三盘。

结账时，男子发觉所带钱财花光了："可否待我回去后寄来？"

伙计说："概不赊账。"

黄峰喜过来打圆场："无妨，无妨。"还送了些路费给男子。

全家人都觉得那男子是骗吃的，黄峰喜倒不以为然。

一个礼拜后，汇款单来了，钱款多了几十倍，有一封信，信里是每日数量可观的订单和送货地址。

原来那男子是杭城大饭店的王老板，生怕店家知道其身份后献殷勤选不到品质真正好的臭豆腐，特地乔装来永昌寻访。尝过各家的臭豆腐后，味道不分上下。吃了"黄氏"的臭豆腐，王老板觉得口感丰富，汁味浓郁，尤其人情味浓厚。王老板选定"黄氏"专为他的大饭店供货。黄峄喜直搓手，不停念叨："福报福报。"

杭城大饭店的顾客们吃过"黄氏"臭豆腐，都说松软香脆，口味独特。回头客越来越多，臭豆腐成了饭店招牌菜。几年后，王老板转战上海滩，接连开了几家分店，把"黄氏"臭豆腐也带到了这个美食天堂。从此，"黄氏"臭豆腐走俏上海，引来天南地北的食客，名头越来越响亮。

由于人手有限，每日黄峄喜根据订单做一万多块，加上零卖，最多只做一万五千块臭豆腐。限量供应加上独特的口味，引来一波又一波的客商们。

一位温州商人跑来要求加盟，提出要么由"黄氏"供货，要么提供卤水。那时黄峄喜已隐退，当家的是他的两个儿子。大儿子跟父亲说后，就婉拒了："抱歉啊，铺货到温州，成本太高，提供卤水，你们做不出原汁原味，会砸了咱家招牌的。"

商人不死心，多次游说黄峄喜小儿子，赠以重金。经不住诱惑，小儿子偷偷从每只缸里灌一勺，灌成一缸卤水卖给了他。结果，温州商人将卤水拿回去，做出的臭豆腐，口味完全不同。认为被欺骗的商人怒气冲冲，拿着卤水赶来质问。

久病卧床的黄峄喜知晓此事后，颤抖着起身，用这缸卤水做出六道臭豆腐美味给商人品尝。商人吃后，味道依旧。"南橘北枳的道理，您懂吧？"摸着白须，黄峄喜正色道。

风波过后，黄峄喜严禁小儿子浸酶缸，只让他做前序工作，以示惩罚。

黄峄喜病逝后，留了一封信给儿孙们："气味是有记忆的，以香、臭两字概括，简单又复杂。唯臭豆腐占了这两种气味，初闻臭气扑鼻，细嗅浓香诱人。记住，以后不管是做人，还是做事，要做就要做到最好，一点也不能马虎……"黄峄喜的遗训，黄氏后人至今不敢忘记。

（本文刊发于《小兴安岭》2021年第3期、《民间传奇故事》2022年3月上期）

李氏滚灯

.

滚灯是具有强烈竞技特点的一种汉族民间舞蹈，流行于钱塘江流域一带，迄今已有八百多年的历史了。南宋时，临安为京畿之地，各种庙会活动频繁，滚灯作为民俗节庆活动中的特色节目，十分盛行。南宋诗人范成大描述"掷烛腾空稳，推球滚地轻"，可见当时滚灯演出场面的精彩。

今年六十多岁的老李出生于滚灯之乡，成长在滚灯世家，舞了一辈子的滚灯，他满面红光，身强体壮，一点毛病都没有，看起来顶多四十岁。

滚灯的发明者是老李的爷爷。

当时临安靠近钱塘江，盐业兴旺，海盗们经常入侵，抢夺钱财和盐巴，乡亲们根本抵抗不了，每天提心吊胆地生活，于是他们跑到到保长那里去哭诉。

身为保长，有着深厚武功底子的老李爷爷，摸着花白的胡须，脑子里飞快转动着。为了能与海盗们抗争，他要让乡亲们强身健体，习武搏斗，但习武太枯燥乏味，也很苦。时间一长，老李爷爷怕乡亲们坚持不住，便萌生了一个主意。

老李爷爷从山上的竹林里砍来硕长粗壮的毛竹，劈成一片片，用竹片编制成了一只空心的大圆球，球的中心装一个竹编球形小灯，有红色和黑色之分。红心球称作"文灯"，较轻，黑心球称作"武灯"，每只约八十斤重，可以争抢。球内燃起蜡烛，舞动起来，烛光飞舞，甚是好看，老李爷爷取名叫"滚灯"。

老李爷爷将滚灯设计成大、中、小三个型号，乡亲们根据自身体力选择不同型号的滚灯。

老李爷爷又编排了舞动滚灯的几十种套路，亲自教授给乡亲们。

渐渐地，舞滚灯的风气流传开了，老李爷爷组织村与村之间以滚灯方式作为年度竞技比武的项目。随着滚灯的流行，乡亲们身体强壮了起来，手脚灵活起来了，舞起滚灯来，那叫一个溜。

海盗的探子远远发现村民们舞动滚灯，晚间还会发出亮光，不知是啥新式武器，几次来犯，被打得鼻青脸肿，吓得从此不敢再来侵犯。

从此之后，钱塘民间一直把滚灯作为吉祥之物，健身之宝，世世代代相传。

老李他爹也喜欢舞滚灯，在民国年间经常参加当地的"元帅庙会"，是"黑心"滚灯争抢的佼佼者。曾组织乡里的滚灯队对付来犯的日本鬼子，鬼子还以为是新式手雷，不敢贸然进村去扫荡。抗战胜利后，老李他爹率领滚灯队参加了各类欢庆活动。

老李从小对滚灯情有独钟，也继承了祖辈的技艺。

农忙时，老李一心干农活，毕竟还要养家糊口。农闲时，乡亲们喜欢喊老李上广场练上几手开开眼界。老李倒很乐意，穿着短袖短裤，赤膊上阵，他不停地向上、向下、向左、向右旋灯，左一招"霸王举鼎"，右一招"金猴戏球"，再一招"旭日东升"，引得围观乡亲们连声叫好。

滚了几十分钟，老李还是面不改色，微笑着，使出了绝技，身体围着绕滚灯，做出"猛虎跳""鸿雁旋"等高难度动作，一连串的跳、滚、爬、窜、举、转、旋，辅以晃手、涮腰、踏步、翻身，让人眼花缭乱，目不暇接。

更绝活的是，老李还能站在狭长的高凳上，在空中表演滚灯，看得真是令人心惊胆战。这绝招，危险性大，摔下来，非死即伤，除非在重大场合，老李一般不会展示，因此见过的乡亲比较少。

那年暑假的一天下午，老李正在田里忙活。忽然瞧见远处冒出一股浓烟，老李连忙放下镰刀，赶过去一看，原来是一处农租房底层的电动车充电器电线老化，"呲呲呲"着火了。

瞬间，火势凶猛往上蹿，动作快的住户光着身子逃下来。"上面还有人吗？"老李扯着喉咙大叫。只听得传来一阵阵哭叫声，是顶楼九楼的两个十几岁的孩童，父母上班，独自跑到阳台上哭喊。楼道间浓烟弥漫，上不去。有人打了119，可这里离消防站太远了，过来起码要半小时。

情况十分危急，说时迟，那时快，老李一个健步从隔壁楼房跃入第一层阳台，一层层攀爬，转眼来到顶楼阳台，老李找出隔壁家一块细长的铁板，架在两个阳台两端，嘴里安慰着："别怕，孩子，老李伯来了。"使了一招"猴子过桥"，老李很快来到孩童们身边，他张开两臂，一边一个夹住两个孩童，两脚踏上铁板，小心翼翼，一步步朝前挪动……底下的人屏住了呼吸，孩子的父母闻讯赶来，眼巴巴望着，一个劲抹泪。两个孩童闭紧双眼，大气不敢喘。

下面的人，揪着心，紧盯在铁板上颤巍巍行走的老李，生怕有个闪失。火势蔓延到隔壁，楼层里烟雾弥漫，下不去。老李走到铁板中间，示意大家闪开，一招"鹞子翻身"，硬是从九楼阳台翻下，稳妥妥地站在铺好的棉被上，底下惊呼声、叫好声、掌声混杂……消防车来了，问清没有人了，就开始灭火了。

虽然乡亲们都没见过老李在空中表演过滚灯，但大家心里都佩服这老汉，李氏滚灯确是钱塘头一家啊。

（本文刊发于《西藏法制报》2021年6月18日、《钱塘新区报》2023年9月22日、《传奇传记文学选刊》2021年8月期转载）

小镇古爷

"白露到，竹竿摇。满地金，扁担挑。"

小镇又到了打山核桃的日子。

凌晨四点多，天没亮透，古爷催着老伴起床，吃饭，早饭吃馒头、粽子，扛饿。古爷叫老伴把中饭烧好打包带上："今天咱们不下山了。"

"老头，干一整天，你吃得消哇？"

古爷的脸庞像扑克牌一般没表情地点点头。

老伴晓得古爷脾气倔得很，决定的事不会更改。

古爷今年七十有三了，几个月前胸部刚动过手术。本来商量好等儿子回来再打核桃，偏偏这时儿子出差了。古爷执意在白露节气准时开杆："过了节气，品质差不少哩。"

古爷把工具都一股脑儿塞进电动小三轮，载着老伴，驾驶着进了山。他家的核桃林种得远，早去可以多打些。一路摸黑，来到了自家核桃林，前方没大路，古爷和老伴下车，背起工具，"吭哧吭哧"，徒步上山。

没等歇上一口气，古爷就擎起长长的竹竿，"啪嗒啪嗒"，敲打起低枝的果子。这要技巧，看准核桃打，不然打的全是树叶。古爷动作娴熟，老伴挎着竹篮，猫腰半蹲，四处捡。以前麻利的她，如今动作变得慢腾腾的。好多颗山核桃掉在树叶下、石头缝里，古爷铁青着脸，提醒老伴："你眼里得长只钩子才行。"

打完较低的树枝，古爷架起蜈蚣梯，靠在树干上，扛着竹竿，"吭哧吭哧"，爬上树，气喘得急促。古爷两脚踩在手臂般粗枝杈，用力一踩，竹竿一挥，立刻下起了"黄金果雨"，落满一地。

"歇会吧，头都晕了。"老伴抱怨。

"咱们得抓紧时间哪。"古爷一边敲打，一边拿出药针在树上开始"打针"。一年就上这么一次树，古爷趁着机会把防病虫害的药水打了，不然会影响来年的产量。

毕竟岁月不饶人，古爷打了一株树，汗如雨下。古爷摇了摇头，爬下树，一屁股坐在地上，拿起大雪碧瓶，"咕嘟咕嘟"，一瓶凉茶水灌进肚里，连连打了几个嗝。古爷起身，扛起一只装满山核桃的麻袋，往山下走。

来回搬了一趟，古爷早已累得上气不接下气，胸口作痛，他倚靠在树边，捂住胸口。

"你要紧伐？老头。"

古爷抿紧嘴，没吭声，再次爬梯，却一脚踩空，跌落在地。老伴赶紧过来搀扶。

"哎，不中用了。"几声长长叹息后，古爷霜染似的双鬓下，刀割般皱纹越皱越紧。

"要不咱请帮工吧？"老伴轻声提议。

"咳咳咳。"古爷剧烈咳嗽起来，"谁不知道镇上打山核桃，咱一人能抵仨人，请帮工，还不让人笑话死了？"此话不假，青壮年时候的古爷打核桃又快又多，再陡再险的山崖，古爷也敢爬上爬下，那资历宛如太师椅般稳固，足以在小镇里显摆。

"你真以为是当年的你？"老伴不说话了，掏出老年机，慢慢走远了……

第二天大清早，门外一阵嘈杂声，两男一女三个外乡人，和老伴打着招呼。

在古爷诧异的目光中，一个男子发动一辆小皮卡，载上人，在老伴的带领下，径直往前开。"你留在家呗。"老伴对古爷喊，"闲的话，昨天的核桃理一下。"

一头雾水的古爷，撵不上，只得目送远去的车轮，坐在矮凳上，将一颗颗核桃脱蒲、筛选、晾晒。

那群人到了核桃林，掏出网，几个人拉着，把十几个角绑在十几棵树上，像在地面上铺了一张又密又细的蜘蛛大网兜。男工们站在网兜上，挥舞伸缩杆打核桃，女工把落在网里的核桃收拢起来。老伴负责端茶递水。

午饭时，一个身影躲在偏僻处睁大眼睛瞧着，不放心的古爷啊，硬是赶了几十里的山路过来一探究竟。

"闪出来吧。"老伴发现了古爷，"儿子叫的帮工，工钱他会出。"

古爷脸上挤出一丝笑，扭了扭脖子，走进来："这小子，能耐啰，真是小瞧他爹了吧。"

电话那头，传来儿子的声音："爹啊，您该歇歇了。打核桃您是把好手，可那是几十年前。"

"呵呵。"古爷咧嘴一笑。

"那时核桃对咱家很重要。我姐和我念书读大学，造新房全靠你和娘在核桃林里劳作。如今，我们成家立业，日子好过了。爹您年纪上去了，思想反而落伍了。现在镇里都推广用网兜打了，让您别爬树了，危险。去年，阿牛伯不听劝，跌下树，住了院，是不是？"

"阿牛他是没注意……"古爷的语气分明弱了。

"再说请帮工不丢脸，毕竟不是当年了，您身体要紧。"

"小子，或许你说的在理。"古爷提高了嗓门，"这些是你太爷种下的，前人栽树，后人享福，啥时代也不能忘了劳动致富！"

"那是，那是。"儿子说，"更要科学致富呐……"

挂了手机，古爷望着网兜里一颗颗毛茸茸的果子，一个劲地傻笑。

（本文刊发于《新青年》2022 年 1 期、《上海故事》2022 年 3 期、《富春江》2022 年第 4 期）

轮盅饭

老伴走后，水田老汉封了土灶，吃起轮盅饭。那年，他七十七岁。

吃轮盅饭，是浙江农村赡养老人的习俗。

但凡一户家庭到了分家——女儿出嫁，儿子自立门户后，当这户人家的老人，有一个去世，另一个年老体弱，无法独自生活，就要吃轮盅饭了，由子女轮流供养照顾老人的饮食和生活起居。哪家独居老人没能上吃轮盅饭，子女就要被村里人耻笑，背上"不肖子孙"的骂名，在村里抬不起头。

俗话说："轮盅饭吃得有滋有味，后半生过得幸福快乐。"不过，要想轮盅饭吃得有滋有味，得有个贤慧的好媳妇。

水田老汉有三儿两女，按惯例，嫁出的女儿不必轮。大儿子、大儿媳意外过世，只剩两个儿子。本想大儿子家不吃轮盅饭，二儿媳却不同意："不还有孙子在吗？"于是大儿子的儿子，也就是水田老汉的孙子承担起爷爷的轮盅饭。

先轮孙子家。孙子开着车来接水田老汉，安排了冬暖夏凉的向阳房间。孙媳妇是位贤惠的现代职业女性，尽管上班很忙，但尽心尽力服侍爷爷。早餐吃得比较简单，但有营养。鸡蛋煎饼是常吃的，少放油盐，煎好之后，上锅蒸一会儿，口感香软。午餐通常以馒头、包子、饺子、青菜汤面为主食，配上一些当季的蔬菜一起吃。晚餐吃得比较丰富，菜肴烧得软糯可口，水田老汉拿出一副小酒壶，倒上一杯，喝一口老酒，吃一口热菜，一家人其乐融融。

孙媳妇经常会用猪大骨炖土豆给水田老汉吃，说是补钙。猪大骨是慢慢熬一个晚上，天亮加上土豆煮到烂熟，加少许油盐。每次吃大骨肉，水田老汉一个劲说好吃，逢人就夸孙媳妇。

四个月后，二儿子骑着摩托车来接水田老汉，把他的被褥枕头、生活用品等捆卷成一团塞在车尾。二儿媳长得五大三粗，其心也粗，她不单独为水田老汉做菜，让他随着家人一起吃，有啥菜吃啥菜，也不管水田老汉咽不咽得下干巴巴的米饭，咬不咬得动生硬的菜肴。安排的房间在三楼，上下楼很不方便。水田老汉嘴上不说，心里却很不是滋味，饭桌上只是一个劲喝闷酒。

最后轮到小儿子家。两口子一起来接的，见了水田老汉，亲热地喊了声："爹，总算轮到我们家了。"没想小儿媳是个见人说人话、见鬼说鬼话的人，有旁人在时，显得对水田老汉格外客气热情，"爹，今天喜欢吃鱼吗？肉圆子爱吃吗？"她呢，也只是嘴上说说，从没见她烧出来。没人在时，常常对水田老汉冷言冷语，各种嫌弃。自己整天只顾着打麻将，有时回来晚了，随便弄点剩菜剩饭打发，弄得水田老汉有时饿一餐饱一餐。

吃了不到一年的轮盅饭，水田老汉常常独自发呆，这天他去了老伴坟前，痛哭一场。那一刻，老汉的心，碎成无数瓣。

回到老屋，扒开土灶，水田老汉重新生火做饭。

"爹，您这不是啪啪打我们脸吗？"不久，儿子和媳妇找上门来。

"这轮盅饭我吃得不顺畅，你们晓得伐？"水田老汉气呼呼地说，"孙媳妇又要上班又要照顾小孩，还不忘细心照顾我，我实在过意不去。而你们两家媳妇，呵呵，做的饭我没福气吃。"

两个儿子知道事情原委后，硬了口气，狠狠骂了媳妇一顿，经过村、乡两级政府调解，儿媳妇认识到了做得有点过分了，对水田老汉的饮食起居慢慢上起心来。

就这样，安心吃了几年轮盅饭。最近，听说水田老汉又不吃轮盅饭了。作为跑农村题材消息记者的我，以为他又遇到了什么情况，赶紧跑去看望他。找了半天也没找到人，却在村口的一幢新建的漂亮小楼院子里，遇到了神采奕奕的水田老汉。

知道我的来意，水田老汉拉着我的手，"哈，如今乡里成立村居家养老点，八十岁以上的老人吃住费用全免。"说着说着，水田老汉开心地笑了，脸上刹那间堆满了快乐的皱纹，"我们这些'老家伙'以后就不再吃轮蛊饭了，不再麻烦子女啦。"

说完，水田老汉熟练地盛了饭，挑了几样菜，大口吃起来。吃完饭，和一些老人打打牌，下下棋，晒一会太阳，听一段戏曲。看起来，水田老汉精神矍铄，身体硬朗，日子过得逍遥自在。

九十岁高龄的水田老汉寿终正寝，临走前，反复念叨着"咱最后还是享了共产党的福哇"，挂着一脸满足。

石匠冯大胆

"咳咳咳，你个死老头，瞧瞧你身上的衣裳穿了好些天，能刮出几层油了。"村东头一间屋内，李奶奶破锣似的骂声又传开了，"还不脱下！要不自己洗，咱服侍你服侍够了。"

李奶奶絮絮叨叨，嘴里依旧骂个不停。

头发花白的冯大胆坐在屋外竹椅上，悠然抽上一口旱烟，吐出一串串逐渐上升放大变淡的烟圈，偷偷瞄一眼老伴，满脸的平静。

"瞅啥，还不脱？"冯奶奶骂骂咧咧走过来，硬是拽下冯大胆的衣裳，"这辈子跟着你个死老头，咱没过几天舒心日子哎。"

光着上身的冯大胆只是一个劲"呵呵"傻笑。

他耳聋，啥都听不见，老伴骂的话飘到他耳旁，全掉落地上。冯大胆以前做石匠时，多年放炮点炸药，爆炸声震坏了双耳。

冯大胆大名冯小宝，家里穷，读了几年书，便出门做了石匠。把山上石头炸开，撬下来，割成大小、长短不一石块的工匠就叫石匠。石匠是力气活，技术含量低，不需啥文化。农村造房填地基，砌堤建坝，开渠凿道，样样离不开石匠。

冯小宝力气大，胆子比力气更大，干起活来不要命，人称冯大胆。

打石头，用铁锤打在炮钎上，要敲准，不能偏。冯大胆左手握短炮钎，右手拿铁锤敲，敲到炮眼有点深了，换成长炮钎，得找工友合作。一个扶炮钎，一个敲打，扶炮钎的轻松些，但危险性大。冯大胆怕伤到工友，一般扶炮钎。好多次，工友一不留神，铁锤打在冯大胆胸上，工友急忙把他背到卫生室。冯大胆胸口贴几张膏药，顾不上休息，马上干起活来。

相比打石头，冯大胆更喜欢在悬崖峭壁上放炮和撬石的活，那工钱赚得多。

冯大胆手脚并用，一溜烟工夫爬到山顶，在石壁上凿好炮眼，放入炸药，接上导火线，擦着火柴，点燃引爆，冯大胆飞奔下山。十几声巨响后，烟雾腾腾，碎石乱飞。冯大胆重新爬上山顶，四处张望，找到几棵树，用手捶几下树干，选一棵粗壮的树。他拿出棕丝做的宕索绳，一头绑在树上，缠绕几圈，打个死结，另一头绑在自己腰间，慢慢后退。就这样，冯大胆从山顶挂下去，离开地面有二十多丈高，悬空荡来荡去。冯大胆拿出撬棍，撬动震松的石块，让它滚下去。

有一年冬天，市里投建的水电站动工，冯大胆第一个报名去打隧道。隧道有三里多长，一段段往里打。

爆破后，冯大胆冒着滚滚浓烟进洞检查哑炮，刚钻进去，浓烟喷到身上，熏得他昏倒在洞中。幸亏工友们发现及时，把他抬出洞，放到溪滩上。吸了空气，淋了溪水，冯大胆才苏醒过来："咱还要留着命娶老婆呢"，说罢起身去干活。

工友们说冯大胆干活要钱不要命。冯大胆嘻嘻一笑，露出黄黄的牙齿："咱攒钱娶老婆，没女人像啥家呀？"

可冯大胆家境实在是差，哪个姑娘愿意嫁过来？冯大胆只得拼命干活攒钱。

好不容易在热心亲戚牵线下，冯大胆和一个刚死了丈夫，带着四岁小男孩的女人结了婚。这女人就是李奶奶。年轻时的李奶奶长得高高大大，壮壮实实。她的一句"最穷不过要饭，人不死总会出头"。让冯大胆感激涕零，一辈子对老婆和继子很好，啥都听老婆的。在外面，冯大胆干活胆子大，在家里，像一只胆小的猫。李奶奶刀子嘴豆腐心，常常为一些琐碎小事，责骂冯大胆。冯大胆每次笑脸相迎面对，从不还嘴。

"冯大胆八成是耳朵震聋了，听不见骂声。"村里人都这么说。

转眼几十年过去了，靠着冯大胆做石匠赚的血汗钱和老婆的勤俭操持，一家人的日子越过越好。继子大学毕业后留校任教，在城里成了家。继子孝顺，几次叫老俩口搬城里来生活。李奶奶不愿去，冯大胆也摆摆手："咱听你娘的，不去。"

那天中午，突然下起了大雨，李奶奶因为冯大胆没及时抢收晒在路边的稻谷，又唠唠叨叨骂起来。骂得连帮忙的继子也听不下去，趁李奶奶回去骑三轮车，摇了摇头，轻声叹息："嘿，可怜的爹啊，娘这么骂您，倒不如跟我去城里享清福呢。"

"儿啊，要吵，咱难道吵不过她？"正在抢收稻谷的冯大胆猛一抬头，对继子神秘一笑，"和老婆吵，就算咱有理，一辈子也不会赢。这理啊，咱懂。"

原来爹一直在装聋！继子瞬间明白了。

（本文刊发于《芒种》2022 年第 8 期、《微型小说月报》2022 年第 10 期转载、《传奇传记文学选刊》2022 年第 11 期转载）

扇骨匠老陈

大陈村的老陈小时候生了场怪病，脊梁弯得差不多有九十度，落下个"罗锅"。长大后，干不了体力活，为了混口饭吃，爹娘让他拜师去学篾匠。

几年后，老陈手艺学得熟络，可村里篾匠多，老陈人老实，嘴笨，行动不便，生意抢不过人家。

村主任老许心地善良，看在眼里，急在心头。有回他去乡政府汇报工作，提起老陈。乡领导通过县轻工业局牵线，弄来几个名额——每村选派一名篾匠去王星记扇厂学做扇骨。

王星记扇厂是杭城百年老厂，生产的扇子畅销海内外。扇骨对于扇子就像人的脊梁骨，起到支撑作用，质量要过硬。村里的篾匠们晓得情况后，一拨拨踏进老许主任家，门槛差点踏破。有些人还偷偷送礼。老许主任全部拒收，抽着烟，沉默许久，开口说："你们啊，怕是吃不消。"

"谁说？比试比试就晓得了。"篾匠们愤愤不平。

经过比试，村里选派手艺最出众的土根和老陈去学艺。那是许主任向乡里多争取到的一个名额。

临走前，许主任拍拍老陈肩膀，低声嘱咐："土根怕是吃不了苦，你学些真本事回来，别丢了咱村脸面。"

老陈点点头，收拾一下，第二天天不亮，出了门。他先坐拖拉机到镇里，再挤上大客车坐几个钟头到了杭城。人生地不熟，老陈拄着拐杖，四处打听，找到厂里，已是黄昏。土根早到了，闲逛好几圈，还找了个地方睡了一觉。

交上介绍信，第二天，老陈和土根开始了学徒生涯。

扇骨用尺寸长的毛竹梢头为原料，需经过锯竹、开条、劈篾、割边、锉平、染色、蒸煮、晒干、烘烤、合榫、穿剪牛角丝等十几道复杂工序。老陈和土根有篾匠功底，很利索地把竹梢头劈成扇骨条。

粗胚做好后，在师傅指导下，两人拿着砂皮纸轻轻打磨，毛竹边要打磨到斜着看没有任何痕迹，用手抚摸光滑为止。包边，用小刀刮光，砂皮纸擦后，摊成一排，中间压一根木杠，两头吊石块，固定。

师傅让土根和老陈双手涂满菜油和滑石粉，用手掌在扇骨上一来一回摩擦，让扇骨光亮些。擦了一会儿，两人手掌变红，收工后变成水泡，刺心疼。几天下来，两人手上长出老茧。扇骨打洞也靠手工，要用压钻两边钻，中间不易对牢，老滑，好几次钻到两人手指头，火辣辣的痛。

用牛角钉串扇骨更辛苦。大热天，坐在高温炭火炉边，炉里放两个两端有半圆形凹碗的铁钳，轮流把串拢扇骨的牛角丝两头钳成帽。不一会，两人满头大汗，脸庞通红，浑身燥热。

平日里，两个人住在厂里一间简易平房，睡硬木板床。三餐吃食堂，菜蔬清淡。二十四小时，两人除了吃饭睡觉上厕所，两手不空闲。"这种日子不好过。"土根吐了口痰，皱紧眉头说。在一个夜晚，土根不辞而别。

望着对面空荡荡的床铺，老陈苦笑一声，他可记着老许主任的嘱咐呢，咬牙坚持。半年后，老陈硬是学会了整套工艺，回到村里，只是整个人看起来，背好像更弯了。

厂里特许老陈在家做扇骨，每月依订单，按时做好，纸箱包装，运回厂里。老陈的扇骨经检验后，质量好。工钱每月准时寄来，生计不成问题，娶上了媳妇，日子安稳。

篾匠们瞧见了，眼红，土根心里不舒服。

那天，村委会来了个电话，找老陈。

"你咋回事？"电话那头质检员如狮子咆哮，"前几天运来的货，几箱都有质量很差的扇骨。"

"啊？"老陈握着话筒，像木桩杵着，话也说不全，"不，不可能……"

"傻站着干啥，快点去厂里一趟。"旁边的许主任听出了事情严重性，"马上去。"

老陈连夜赶到厂里。厂长室里，老陈的货堆在那里。老陈拿起十几根挑出来的扇骨，瞧起来。

"这些……"老陈激动起来，"不是我做的。"

厂长和质检员脸色难看起来："你有什么证据？"

老陈从货箱里抽出一根扇骨，把底部翻过来，用印泥蘸了蘸，找了张白纸，按了一下。

不足一平方毫米的底部，在白纸上清晰印出一个鲜红的"正"字。

"这才是我做的。"

质检员试了挑出来的几根扇骨，底部印不出"正"字。

老陈告诉厂长，为防假冒，老陈特意在每根扇骨底部刻上"正"字。不用印泥印，看不出。

经厂保卫科调查，真相大白：那次，司机刚装上老陈的货准备出发，土根和几个篾匠说要进城，能不能捎带。接过土根递来的香烟，司机点头了。人太多，驾驶室坐不下，土根主动挤在后面闷热车厢里。"他动了手脚，掺进自己做的扇骨。"质检员把调查情况告诉了老陈。

风波平息，生意照旧。可老陈回村后心事重重，闷在屋里，睡了一天。第二天一大早，来找许主任："主任，要不咱村成立扇骨加工作坊？"

"啥?"许主任抽烟的手抖了一下,"你饭碗不要了?"

老陈说:"我的手艺是托你福去学的。如今生意好,土根他们眼红,我能理解。"

"你肚量大。"许主任朝老陈翘起大拇指。

"现在村里不是宣传啥'一个人富不算富,大家富才算富'嘛!"老陈搓搓手说。

许主任笑起来:"好,按你意思办。"

作坊开张了,老陈手把手教着来学的篾匠。土根学得认真,他向老陈道了歉。

一箱箱扇骨运往杭城,大伙腰包也鼓了起来。

听说杭城要召开亚运会,王星记扇子成为赠送外国友人礼品之一,老陈他们很自豪,干活更带劲。

土根逢人就说,老陈的背虽然弯了,但他做的扇骨是笔直的,做人更是堂堂正正。大伙说,土根你这才说的像人话。

（本文获 2022 年"吴文昶"杯全国故事征文大赛一等奖、刊发于《羊城晚报》2022 年 3 月 30 日、民政部《乡镇论坛》2022 年 5 月上旬刊、《乡土野马渡》2022 年第 16 期、《富春文苑》2022 年秋季刊、《民间文学》2023 年第 1 期、入选2022 年中考语文现代文备战题、入选 2022 广东省初中学业水平考试语文阅读理解题、入选河南信阳 2022 学年高二下期末语文测试卷阅读理解题、入选四川 2023 届新高三年级上学期升级考试语文阅读理解题、入江苏省如皋市 2022—2023 学年九年级上学期期末语文阅读理解试题、入 2022—2023 学年浙江省绍兴市上虞区九年级上学期语文期末试题）

石雕师金爷

金爷祖上是石雕师，在小镇开了家"雅宝斋"，有上百年历史了，出售鸡血石雕刻而成的印章。

"雅宝斋"选用的鸡血石产自小镇郊外的玉岩山，此石的色、质、形、景、纹、图、意卓然杰出，具备"润、细、腻、温、结、凝"六德，质地细腻、温润通灵，以"鲜红如鸡血，晶莹如美玉"驰名中外，被誉为"印石皇后"。

鸡血石开采始于元末，兴于明清。在清代，使用鸡血石刻制玉玺的皇帝和皇后是最多的。在清代官的吏服饰中，鸡血红曾代珊瑚红、玛瑙红为顶花品饰之最高荣誉。

当然，印章有廉价，也有价值连城的。鸡血石的血色多寡与色度决定其价值。血色分浅红、鲜红、正红、深红多种，以血多、色鲜、形美，有厚度感、分布均衡为佳。血色少于一成者为凡品，少于三成者为普品，大于五成者为中品，七成以上者为珍品，全红为上品，称之"大红袍"。

鸡血石雕技艺独特，工艺流程烦琐。从小学艺的金爷既能辨识鸡血石品级，又身怀祖传精湛雕刻技艺。他因石配工，依血取巧，或用不完全雕，以血为宝，留白与精巧并存；或用夸张雕，使雕品形神兼备，似是而非，深受文人雅士喜爱。"雅宝斋"生意在金爷经营期间达到了顶峰。

金爷有一块祖传的大红袍鸡血石，通透细腻，略显遗憾的是顶端缺失了一角。当年有一恶少重金向金爷购买不成便强抢，金爷为保全鸡血石，扔进门前湖里，几天后捞起，发现缺了一角。"此人德行不配拥有此石。"金爷如是说。

清朝繁华了两百多年，金爷生不逢时，花甲之年正是清朝被洋鬼子用枪炮打开国门之时。

道光二十一年八月间，英舰二十九艘，结集在舟山定海洋面，定海总兵葛云飞回家乡绍兴招募士兵，率部踞守土城，挡敌于要冲。

金爷闻讯后，几天几夜不合眼，拿出大红袍印章，雕刻起来。金爷相石设计，铲"血"凿坯，修光细刻，打磨封蜡。金爷把缺失的一角用镂空技法雕成人头像的印纽，印章底部刻上四个遒劲有力的篆体大字。

半个月后，金爷把印章包装好，交付给应征入伍的儿子，郑重叮嘱："务必将此印交于葛总兵。"

葛云飞收到印章，打开一看，那头像，正是明代抗倭名将戚继光。葛云飞拿起印章，蘸了蘸印泥，白纸上清晰印出四个大红字。葛云飞将印章珍藏于内衣中，站立起身，手握长刀，仰天道："鹏起定当不负江东父老之期望矣。"

不久，英军进攻定海竹山门，葛云飞下令开炮，击断敌舰船桅，英军仓皇逃去。英军又转向土城开炮，葛云飞指挥各营开炮猛烈还击，敌军慌忙败退。

次月，英军向五奎山进攻，被葛云飞击退。英军不甘心，调集兵力，进攻定海。定海守军只有四千多人，且武器弹药不足，处境危急，葛云飞飞书向镇海大营告急。但大营怀疑是夸大敌情，拒绝发救兵。

很快，英军向土城进逼。葛云飞捧出四千斤火炮回击。炮弹用尽后，面临十几倍于己的英军，葛云飞取出那枚印章交给随身亲兵，嘱咐道："鹏起惭愧，无颜珍藏此印，请务必交回原主。"交代完毕后，葛云飞挥刀大吼，一跃而出，带领两百余人一口气砍倒十多名英军。当他发现英军头目安突德正驱兵冲锋时，万丈怒火涌上心头，对着安突德怒吼道："看刀！"话出刀落，安突德被劈成两半。由于用力过度，葛云飞的长刀被砍断了，他拔出两口佩刀，左右开弓，英军纷纷倒地。

葛云飞从土城杀出二里地，准备登山时，被一颗突如其来的枪弹击中左眼，迎面的英军一刀砍来，他躲闪不及，被劈去右边半个面部，顿时鲜血直流。葛云飞忍着剧痛，继续战斗，又连中四十多发枪弹，"我若死而有知，当化厉鬼协剿夷寇"，葛云飞依崖身亡，壮烈殉国。

几番辗转，那枚鸡血石印章又回到了金爷手中。

在被敌军抢劫一空而衰败不堪的"雅宝斋"内，金爷捋着花白胡须，眼含热泪，当着乡亲们的面，拿出印章，说起一则典故。

商代时，有个小金庄，是北部边界军事要塞。驻守大将名叫金汤，因城防坚固，英勇善战，故长期安定，经济繁荣。商王为表其功，改小金庄为金汤寨，并大赞："大商边防均固若金汤大将所守村寨，将万世无忧。"

金爷在这枚印章底部刻的四个大字正是"固若金汤"。而金爷正是金汤的后人。

"只有葛总兵他才配得起此印！"金爷抬起头，缓缓道。

从此，金爷和此枚印章消失在小镇，不知所终。

（本文刊发于《小说月刊》2022 年第 5 期）

父子尚书

富阳文人雅士辈出，当中清代董邦达、董诰父子久负盛名。董氏父子以其朝廷显宦和书画大家的双重身份，清廉的从政声誉和丰富的存世作品，诠释了富春人文的高度和分量。

董邦达，字孚存，号东山，生于清朝康熙三十五年，家住在富阳镇东门。他十七岁中秀才，教书十年。二十八岁以拔贡身份进京赶考，第二年得第一名，教习旗下学生，继任户部七品小京官。

董邦达后因政绩卓著，从编修升为陕西考试官、侍读学士、内阁学士、礼部侍郎等职。六十七岁被擢为工部尚书、礼部尚书，钦赐"紫禁城骑马"。此为当时朝廷给予汉人的最高政治待遇。

董诰，字雅伦，号蔗林，生于乾隆五年，董邦达长子。他凭着自己的实力，在乾隆二十八年中进士，殿试进呈卷列一甲第三，也就是所谓的"探花"。清高宗乾隆皇帝因董诰是大臣的儿子（时其父董邦达已位列尚书），改为二甲第一名。

可惜董诰在科举考试上非但没有沾到父亲的光，反而因此与探花失之交臂，想必他当时也是郁闷的很，而富阳也因乾隆皇帝的这个小小的决定而少了探花这个荣耀。如若富阳历史上不仅有连中三元的武状元，还有一甲第三的文探花，那更当是一段佳话。

嘉庆四年，董诰六十岁，已从庶吉士、编修、工部侍郎、军机大臣、东阁大学士等职务，擢为文华殿大学士，钦赐"紫禁城骑马"。

董邦达、董诰父子，历经雍正、乾隆、嘉庆三朝，位极人臣，又著声艺林，驰骋于诗、书、画各领域。

董邦达生性刻苦，用心攻读，善画山水，取元人笔法，巧用枯笔，他的山水画作品水墨疏淡，设色淡雅，用笔轻柔，皴法松秀，勾勒皴擦，策划逸致，文人情趣极浓，绘画艺术誉满京华。

当时京城有一大官珍藏有黄公望的七幅山水画，想请人再仿作一幅，配成八幅，遍访京师各名画家，均不能如愿，后求助于董邦达，不日即成，挂在一起真假难辨。

乾隆皇帝颇为欣赏其画艺，特命董邦达主持皇家画院。董邦达的存世作品中就有不少"臣字款"的画幅，就是专门为皇帝而画的作品。

董邦达还与曹雪芹有深交。乾隆二十三年腊月二十四日，董邦达与《红楼梦》作者曹雪芹在宗室敦诚家聚会，谈竺论画，一见如故，曾为曹氏所著《南鹞北鸢考工志》题签并撰序言，一时传为佳话。清中期著名画家钱维城曾师从于董邦达。董邦达是"画中十哲"之一，被誉为继董源、董其昌之后的又一董氏大画家。

董诰精通书法，擅长绘画，工于诗古文词，书法宗"二王"，又能在一粒芝麻上书"天下太平"四字。董诰的山水画秉承家学，雅秀绝尘。董诰更通晓军事，以文学侍从的身份受到当朝皇帝喜爱，曾入值南书房，创作大量书画作品，多获御笔题跋。董诰还被认定为乾隆皇帝晚年的主要代笔人。

董诰有才华，为人和易，肚量也很大。因为他长着麻子脸，老百姓背后戏称他为"董麻子"，旁人听了都觉得有点别扭，他却哈哈一笑，欣然接纳。宰相肚里能撑船，看来不假。

董氏父子虽身居显要，但两袖清风，未尝增置一亩之田、一椽之屋。

清嘉庆年间，董诰给现浙江省杭州市富阳区湖源乡窈口村潘氏友于堂题写对联一幅，内容为"古今来几许世家无非积德，天地间第一件事还是读书"。

董诰去世后六天，嘉庆皇帝赠太傅，入祀贤良祠，赐金治丧，亲临祭奠，御笔题写哀诗悼念："世笃忠贞清节坚，先皇恩眷倍寅虔。骑箕仙苑九秋杪，染翰枢廷四十年。只有文章传子侄，绝无货币置庄田。亲临邸第椒浆奠，哀挽荩臣考泽宣"，并亲自拨款建"董公祠"，命刻诗于墓，以彰忠义。

　　董氏父子去世后，都安葬于富春江畔的新桐蛇浦村，距富阳城约十五公里。董诰的墓地三面翠岗环绕，豁口正对富阳最高的龙门山杏梅尖，墓前有石翁仲排列，下面踞伏着对对石兽。从此墓西行两公里，朝右拐弯便是董邦达的墓地，墓前竖立着御制墓碑。为了保护大臣的坟墓，朝廷在附近的村民中选了一农户做守墓人，并在董诰墓的山脚下安排了六亩旱涝保收的良田作为其衣食收入来源。这六亩水田目前尚存，且仍被当地村民唤作"董诰六亩"。

慈悲

"师父，我练到啥时候，才能下山？"二十五岁的他，忍不住问道。

师父捻了捻花白胡须，眉头一皱，正色道："练到可置我于死地为止。"

他心头一颤，抬头看着师父。师父一脸平静，神情自如。

昨日，他鼓足勇气和师父对峙站着，一决高下。

十几个回合后，他寻到一个好机会，手中的剑尖，毫不犹豫刺入师父心脏。

师父踉跄倒地，鲜血顷刻间染红了花白胡须。

他扔下了剑，赶紧扶起师父，愧疚的泪水，顿时涌了出来。

"哎，走吧……你报复心切，为师不怪你。"师父吐了一口血，断断续续交代，"记住……遇到同样的招数，同样的剑法，就看你的心……够不够狠了……"

师父的话像斧子一字一句凿在他心尖上，他厚葬了师父后，下了山。

他下山是为了报十五年前的杀父弑母之仇。

他叫罗一峰，是昔日罗家庄的少庄主。仇人是虎头镇金大虎。

罗一峰找到金府，府内张灯结彩，宾客盈门，一打听，今晚举办金大虎的七十岁寿宴。

把剑藏入内衣里，罗一峰躲在一处偏僻角落，眼睛紧盯着上座的金大虎，伺机准备复仇。

"嗖"的一声，突然，门外飞进一把匕首，直直插进堂前悬挂的寿字图。

"金大虎，不知你有没有命活过今晚。哈哈！"一阵狂笑后，门外闯入几十个蒙着面，手持刀剑的壮汉。为首的是独眼龙，他飞身上前，抡起砍刀便劈向金大虎。

金大虎大惊失色，扔了酒杯，一时无法招架。只见一个黑影飞奔过去，挡住了明晃晃的刀，刀尖便刺进那人的胸膛，鲜血直流。

独眼龙大惊，一迟疑，被顺手拿了武器的金大虎一剑挑落刀，赤手空拳交手了十几个回合后，被刺身亡。其他人也被金府家丁包围，或俘或逃。

"少侠，少侠，醒醒。"金大虎亲手扶起挡刀之人，那人正是罗一峰。

"你的脑袋是我的，岂能让别人割去……"罗一峰瞪着金大虎，怒火中烧，一激动，伤口喷血，又昏死过去。

罗一峰清醒时，发觉已经卧在床上，"少侠，你好好养伤。"金老夫人说，"感谢你舍命救了我家老爷。"罗一峰哭笑不得，也动弹不得。

那日，一位妙龄少女闯进罗一峰修养的房间，她淡眉如秋水，玉肌伴轻风，娇俏的模样，罗一峰仰头，四目相对，竟一见钟情，此女便是金大虎的千金女儿。

在随后的三个月时间内，金大小姐无微不至照顾着罗一峰。痊愈后的罗一峰成为了金大虎的女婿。金大虎夫妇待他宠爱有加，小夫妻相敬如宾，罗一峰这下狠不了心，迟迟没下手。

转眼，中秋将至。那晚，梦里看见爹娘提着血淋淋头颅站在面前，罗一峰惊醒，全身冷汗淋漓，望着枕边安然入睡的妻子，泪水模糊双眼。

中秋之夜，金府设宴，家人们酒足饭饱后，来到院内赏月。待到半夜，众人散去。罗一峰叫住金大虎，扔给他一把剑，"我们来个了断吧。"

金大虎一愣，立刻明白了什么，点了点头。

院内的几盏灯笼，散发着微弱的火光，翁婿两人打斗正酣，时而混作一团，时而左右对峙，剑法竟一模一样，两人皆惊叹。几十回合后，还是年轻力壮的罗一峰占了上风，长剑一挑，用尽全力，刺向金大虎。

"哎呀"，金大虎应声倒地。

"你应该是罗家的后人吧……终究不肯饶过我……哎，当年听信谣言，误杀你父母……"话还没说完，金大虎口吐鲜血，气绝身亡了。

目睹丈夫被杀而亡，吓疯了的金老夫人在院子跑。妻子闻声夺门而出，见此惨状，拿剑自刎了。

罗一峰上前抱起妻子，痛哭道："你又有何罪呢……"

"……你我之间，又何止一条命债……"妻子泪如雨下，摸着微微凸起的小腹，断了气。

"唰唰唰"明亮的闪电划破寂静黑夜，雷声隆隆，"哗哗哗"下起了雨。

浑身是血的罗一峰跪倒在院内，全身淋个湿透。"爹啊，娘啊，师父啊，孩儿这么做，值得吗？"罗一峰仰天怒问道。

当年年幼的罗一峰被师父救上山来，仇恨的种子就埋入他幼小的心灵。当晚，罗一峰跪在师父面前，一跪就三天三夜，不吃不喝，终于体力不支，昏倒在地。师父心疼他，最终答应传授他武功。

在山上的十几年，罗一峰埋头苦练，他的眼里没有四季轮替的美景，他的耳里没有潺潺流淌的溪水声和叽叽喳喳清脆的鸟鸣声，他的血管里始终流淌着复仇的血液。

如今，下山来，报了仇，却……

罗一峰摇着头，挣扎站起，想寻剑了结自己，却发现剑早被金老夫人抢在手里，嘻嘻哈哈地在玩耍，又朝他傻傻笑。

"娘……"罗一峰抱住金老夫人，痛哭。

罗一峰带着金老夫人回到了山上，悉心侍奉她寿终正寝后，剃度为僧，法号"觉醒"。

每日，觉醒除了打坐念经就是下山去。

山下，觉醒凭一己之力，化解了数百次的江湖恩怨仇杀，拯救了不少无辜的生灵。

"放过他人为慈，放过自己为悲。"

悟道后，觉醒安然圆寂了。

吉星高照

春节一过，罗主任走了几十里山路，来找独居深山坞的老董。

罗主任告诉老董，过几个月亚运会要在杭城召开，县里承办了几个项目。县政府成立设计团队，制定了欢迎仪式。他们想把咱村的高照舞板龙穿插到节目中去。

接过罗主任递过来的烟，老董点上火，猛吸几口，吐出几个烟圈："主任啊，板龙队训练一下就行。"老董脸上露出愁容："高照，我十多年没做了，手艺生疏啰。"

老哥俩抽着烟，陷入回忆中。

舞板龙，在村里历史很悠久了。传说在元朝泰定元年，一位姓柳的年轻姑娘因为误吞了一颗龙卵而仙化成"龙母仙娘"后，村民们为防火灾祈求龙母降服火神，就开始舞起板龙，期盼来年风调雨顺，国泰民安。

而高照是村里最拿得出手的绝活，一般放在板龙队前，既可以照明，又寓意吉祥。但高照可不是想竖就能竖的，除非重大日子，譬如当年欢庆土改的日子、十年一次的庙会，等等。

如今全村会做高照的，老的老，走的走，只剩下老董一人。老董也年过六旬了，挠着稀疏花白的头发，看着罗主任迟疑许久，才点了头。他叹了口气，嘀咕着："要是阿才在就好了。"

阿才是老董的独子，从小活泼好动，高中毕业后没考上大学，老董一心想把高照手艺传给他。阿才性子急，学了不到半个月，嫌制作工期长，挣不来钱。有一天干活途中，阿才溜出门，乘车去外面闯世界了。老董寻了好几天，音信全无，气得生了场大病，好久才康复。

制作高照需要大半年时间，亲口答应了，老董不敢怠慢，张罗起来。

老董拿出柴刀，在磨刀石上磨了半天。第二天一早，出门去砍自家山上十年树龄的水杉树。砍了半天，树硬是不倒，老董掏出老年机："主任呐，派几个小伙子过来帮我干点体力活吧。"

老董等了好些天，才来了两个小青年。"这偏僻的地方没人肯来。"罗主任说。

老董赶紧领着他们到山上砍水杉树。十年树龄的水杉树，长得很高，粗壮，树皮又厚实，两小伙子砍了半天才砍断了一株，第二天又砍了一株。接着带他们去毛竹山上斫了不少青竹条。把树木和竹条扛回家里后，两小伙子一溜烟走了。

望着远去的身影，老董摇摇头。他戴上厚厚的老花眼镜，用小斧子把杉树皮劈掉，用砂皮纸把树干磨成光溜溜的两根杆子。老董砍去竹条枝叶，锯成一根根长条。

接下来的活更细致，老董坐在小木凳上，右手拿起凿花刀，左手按住一块羊油板，雕刻起花纹。一天下来腰酸背痛，两手也不时颤抖。刻成的凿花纸，老董贴在棉布外边，把棉布固定在每一层灯架上面，安上小蜡烛，装灯拼接。

赶在亚运会开幕一个月前，做成了高照。罗主任通知老董参加彩排。

当晚，县体育广场。"起！"一声号令下，老董弯下腰，双肩扛起灯杆，站起来，像陀螺一样旋转起来。高照由两根杉木做成梯子状，里挂三十三盏花灯，外挂五十六只红灯笼。

老董越转越快，最顶端的彩色荷花型花篮翩翩起舞，花灯随风摇曳。静卧一旁的板龙由龙头引领，随着高照舞动起来，龙身由外向内一圈圈盘转，盘到中心，反向由内向外盘转，颇有翻波逐浪的气势。

转了没几分钟，高照轰然倒塌——老董晕了过去。

节目组赶紧把老董送到县人民医院。"嘿，咱不中用了。"苏醒过来的老董说，"咋办？修补起码得个把月，修好了也没人会舞。"

罗主任一脸平静："别急，关键时刻咱不能掉链子。"

亚运会欢迎仪式上，一位中年汉子竖起高照，舞得起劲。高照灯架外面贴有五十六个大字：

"初春麻国长清平，星月云桥夕暄妍。华诞殊琦酒沐浴，火树灯江不夜天。"

"神州欢腾管箫弦，醉歌共舞丝竹罗。万事兴旺人间乐，金光灿烂亚运年。"

高照闪耀，板龙飞舞，现场气氛达到高潮。"Luckystar,good! China is amazing!"外国运动员欢呼声响彻广场。

老董拿出望远镜瞧了瞧灯杆，铝材做的，分量轻，一节一节，可拆卸，塑料做的花灯和灯笼，LED 灯泡代替了蜡烛，安全，好看。老董频频点头。

次日，罗主任领着一位中年人进了老董家。

"爹……"中年人双膝跪地。

"阿才？"老董瞪大眼睛。

"老董别激动，让阿才起来。"罗主任说，"他现在是厂长呢，昨晚正是他舞的高照。"

老董老泪纵横，扶起儿子。

"爹，那次不辞而别是儿子的错。"阿才拉着老董的手，拭去他眼角泪水，"爹，您的绝活，我没敢忘啊。"

"咋回事？"

"我去广东一带打了十多年工，攒了点钱后，不敢回来，怕你骂，就在县郊办了加工厂，专做高照。我不断改进技术，就想把咱村的高照艺术发扬光大啊。"

"你咋瞒着你爹呢？"

"我一直和罗主任保持着联系。"阿才平静了一下情绪，说，"听说爹您舞高照跌倒了，当晚我就和罗主任决定，让我上。"

罗主任点点头，说："要不是阿才毛遂自荐，在医院里我能那么镇定吗？"

"你们两个都瞒着我。"老董气呼呼地说。

"老董啊，你别生气了，告诉你一个好消息。"罗主任贴着老董的耳朵说，"县里准备成立高照文化传媒公司，把这项绝活传承下去。你儿子投的资，准备聘请你当顾问呢。"

"嘿，啥顾问不顾问的，要是能把高照文化一代代传下去，我死也安心啰。"

很快文化公司成立了。老董带着一大队人马，认真训练，受到各地邀请演出，名声大振。老董告诉在场的观众们，这叫吉星高照。满面春风的老董觉得这辈子，没白活。

（本文获 2022 年富阳区"迎亚运 展风采"新故事征文比赛二等奖）

奔跑吧，猪猪

在大森林的深处，天刚蒙蒙亮，便有两个身影像离弦的箭一样，向前奔跑着。

突然，小猪气喘吁吁地叫起来："爷爷，停一下嘛。"

"咋了，乖孙孙？"猪爷爷停下脚步，回头关切地询问。

"我实在跑不动了，想歇会。"小猪涨红着脸说。

"哦，乖孙孙，坚持住，爷爷边跑边讲个故事给你听，怎么样？"

"好哦。"小猪很兴奋，步伐重新矫健起来。

猪爷爷摸了一把花白的胡子，一边迈着步，一边摇头晃脑讲述：

多年前的一个晚上，我正在酣睡，突然半梦半醒中感觉被绑上双腿。我瞪大双眼，就看见几个提着刀，脸上带着丝丝坏笑的几个家伙出现在我面前。

我急忙绷紧四肢，使出全身吃奶的力气，扯断了绳子，高高跃起，跳出猪圈护栏。提刀的家伙吓了一跳，后退几步，紧盯着我，慢慢围拢过来。

我回头朝着猪圈地上两位被五花大绑绑得死死的

朋友，咧出一个胜利的微笑，前腿猛地一弯，后腿用力一蹬，奋勇跃过农场围墙，仰天长啸，飞奔到了森林深处。

"爷爷，到底咋回事？"小孙孙追问，"我听不明白呢？"

"那好，爷爷从头说起。"

当年，杰克、汤姆和我，是主人同日买来的小猪仔。很快，我们成为好朋友，每天除了睡，就是吃。吃了睡，睡了吃，感觉来了拉几泡屎，心情好时吼一嗓子，日子过得自在。只是屎拉偏，或吃饱没事大吼几声，就被主人狠狠抽上几鞭子，心里感到委屈。

被抽多了，我们互相舔着伤痕，相互灵魂三问："我是谁？为什么在这里？我们的未来会怎样？"

可惜我们的猪脑袋，我们仨谁也回答不了，继续混吃混喝。直至我们目睹了旁边猪圈里三只大肥猪被砍下脑袋，破开肚子，我们便知晓了答案，也知道了自己的未来。晚上睡觉时恐惧一阵阵袭来，还不时哭醒。

有一天，浑身伤痕的杰克被主人绑着放回圈内。杰克绝食了一日，第二天又"哼哼"着大口大口吃起来。每天还是吃了睡，睡了吃。

半个月后，汤姆五花大绑地被主人放回圈内。倔强的汤姆绝食了三日，熬到第四天，苦笑着对我们眨眨眼，张开嘴"吭哧吭哧"吃起来，晚上又"呼噜呼噜呼噜"美美地睡得挺香。

"爷爷，爷爷，那您呢？"小孙孙一脸好奇，焦急地催问。

"爷爷呀，每到深夜，等主人和两位朋友呼呼大睡后，练习跨栏和跳墙。每晚坚持跑步几个小时，赶在天亮前回来，该吃吃，该睡睡，装作若无其事，没心没肺的样子。半年里，我练出厚厚的腹肌，超强的体力和耐力。因为杰克告诉我，他跳出护栏后，遇到了更高的围墙，结果束手就擒。汤姆也告诉我，他跳出护栏后，跳出围墙，天亮时被主人发现，被围困三天，最终体力不支被抓。"

"爷爷真勇敢，真聪明。后来呢？"小孙孙眼里流露出崇拜的神情。

"后来，爷爷就一直生活在森林里，喝泉水，吃野果，漫山遍野地撒欢。又遇到了你的野猪奶奶，生下了你爸爸，接着又有了调皮可爱的你……"

"几个月后，我偷偷跑回去，想看看我的好朋友。"说着，说着，猪爷爷流下眼泪。

"别哭，爷爷，怎么啦？"小孙孙安慰道。

"我看到杰克和汤姆，他俩变成一只只火腿，倒挂在屋檐下呢。猪圈里又有三头小猪仔挤在一起'呼噜呼噜'酣睡着。"

"哦，爷爷，我好像明白了。"小猪猪望着我，眼睛里闪烁着刚毅神色。

"很久以前，我们猪自由自在生活在森林里，自从我们被人类圈养驯服后，多年来让我们没了自由，没了追求目标，才导致我们不能，不敢，去实现梦想！曾经，我们也反抗过，但每次反抗都遭到人类更凶残地折磨。渐渐地，我们不再反抗，服从了，只知吃睡，褪去獠牙，褪去硬毛，失去了祖先的风采。真可悲啊。乖孙孙，今天你明白就好，加油！记得把这个故事讲给你儿孙。奔跑吧，猪猪！"

一声令下，猪爷爷和小猪猪跑得更欢了……

血染邮政绿

　　周末的每一个清晨，老朱都会早早起床，穿上一件崭新的橄榄绿邮政服，佩戴好金色党徽，乘公交车来到上海南翔广场，缓步来到右侧的一处陵园，从怀里掏出干净的毛巾，擦拭着一块块墓碑。

　　墓穴里安卧着他昔日的同事们。

　　"伙伴们，我又来看你们了。"时光随着老朱的记忆，回到了几十年前那段烽火岁月……

　　一九三二年一月二十八日午夜时分，日本海军陆战队不顾国际道义，向驻守上海的十九路军发动了猛烈进攻。依仗着人多势众，武器精良，日军叫嚣着要在四小时之内占领闸北。

　　扼守宝山路一线的十九路军官兵个个神色倦怠，武器也只有步枪、手榴弹和轻机关枪，但仍旧英勇顽强地还击。蔡军长下达命令："誓死抵抗，寸土必争！"

　　此刻，中共地下党员、上海邮工工会负责人老朱组织了上万名上海邮工身背弹药、食物、衣服、被褥等从民间募捐来的物资，冒着枪林弹雨，一路艰险，把物资送到了官兵们手中。

官兵们备受鼓舞，尤其是邮工们带来的报纸，上面报道了十九路军的英雄壮举，这可是比物质更重要的精神食粮呀。

蔡将军亲自接见了老朱："太感谢你们邮工了。"

"国家危难之际，我们中国人理应挺身而出。"老朱说。

蔡将军低头沉思片刻后问老朱："除了运送物资外，我想让你们承担更艰巨的任务，行吗？"

老朱回头望了邮工们，点了点头："我们愿意。"

"你们要及时将战况消息传递出去。"蔡将军严肃地说，"要知道，军情大于天，将决定一场战争胜负。任务非常危险，可能会付出生命代价。"

"啪！"老朱立正，敬了个军礼，"我们保证完成任务，人在情报在，绝不落入日寇手中！"

立即行动。老朱身负密件，在数位邮工保护下，小心翼翼穿越敌人的封锁区，到达一片小树林，还没来得及停下来喘一口气，就听见一个声音高叫着："看，他们就是负责运送情报的邮工，拦住他们！"

只见几个伪军从树林里蹿出，对着老朱他们就是一通乱射击。

手无寸铁的邮工们四处躲避。

老朱一边躲，一边想，万一自己被活捉或打死了，情报就会落入敌军手中，那可怎么办？突然，他看到前方有一个脏兮兮的小泥潭，他毫不犹豫跳入潭中，憋住气，把情报从怀里取出来握在手中，万一日军追来，老朱准备撕毁封口塑胶纸——水浸泡了字迹就看不清了，当然，他也做好了随时牺牲的准备。

只听得外面枪声激烈，老朱心头一紧，不由地担心起邮工同事们……过了十多分钟，周围安静了下来。老朱在水里浸泡得晕晕乎乎，迷糊中听到有人在喊："组长，快醒醒。"

老朱睁眼一看，是同事们，还有几名军人。原来十九路军怕他们遇到危险，在暗中护送。

老朱他们圆满地完成任务回来后，蔡将军朝老朱竖起大拇指："危急中跳进泥潭，你真是机智啊。要不是你的同事看到你跳进去，还真没有人找得到你，哈哈！"

老朱搓着手，不好意思地笑笑。

战斗依旧惨烈继续着。老朱从上海邮政局借了一辆大邮车，将绿色车厢漆成白色，添加上了红十字标记，临时充当救护车，车上装上药品、包扎纱布、绷带等。邮政救护车驾驶员每天冒着被炮火和飞机轰炸的危险，频繁运送伤员往返于吴淞和后方之间。

日本不断增兵，并增派军舰、飞机，不顾国际公法，对标志着红十字的救护车也开始狂轰滥炸。

目睹着一个个同事倒在血泊中，老朱悲愤不已。

他继续把十九路军英勇抗敌、日军损兵折将的捷报，快速传到后方，让中国的老百姓相信祖国有抵御外辱的力量。顿时全国人民的爱国热潮日益高涨，支援的各路物资也通过邮工们源源不断地送达官兵手中，弹药、食品、被褥、衣服等物资保障了官兵们的战争和生活所需。

经过三十五天的浴血奋战，十九路军粉碎了日军"皇军无敌"和"四小时占领闸北"的狂言。

上海邮务工会为在淞沪抗战中英勇牺牲的数十名邮政职工举行了隆重的追悼大会。老朱主持葬礼，前来祭奠的人把礼堂挤得水泄不通。老朱将一只只骨灰盒安葬在南翔偏僻的简陋墓穴里。等胜利后，我要让你们"居住"得舒服些，老朱暗暗发誓。

"祖国并没有忘记你们，追认你们为烈士，给你们重修了'房子'。"老朱噙着泪，抚摸着一块块崭新的墓碑，"如今祖国强大了，谁也不敢欺负我们，你们终于可以瞑目了。"

香飘白玉兰

　　江南的夏日时节有三白：栀子花、茉莉花，还有白玉兰。其中数白玉兰的香气最醉人。

　　这户郊区的农家小院子里，就有一株白玉兰树，已经有上百年历史了。一到夏天，巨大的树冠枝头像落满了无数洁白的小鸟，微风吹过，小鸟们自由徜徉在蓝天里。整个院子沐浴在清新淡雅的白玉兰香气中。人一旦走开，花的余香还滞留在衣裳中、裤腿里，几天几夜不曾散去。

　　这株白玉兰主人是八十四岁高龄的邹奶奶。

　　白玉兰树是邹奶奶的公公年轻时栽种下的，如今公婆和老伴都已去世了，儿女们也在外地成家立业，只剩下这棵白玉兰树，日复一日，年复一年陪伴着邹奶奶。邹奶奶早把白玉兰树视作家人了，一日三餐，不论刮风下雨，邹奶奶都喜欢在院子内放一张小方桌，把桌角一头依靠在树上，自己坐在正对着树的椅子上，喝粥吃饭或是喝酒吃菜。邹奶奶一边吃一边和白玉兰树唠嗑，唠过去，唠现在，唠将来。唠到伤心处，眼眶红润了，邹奶奶就拿起小酒杯，把酒一滴滴洒在树根周围。"咱俩认识有几十年了吧，老树姐？"喝点酒上头的邹奶奶，轻轻拍着白玉兰的树干，"这家有咱俩撑着，散不了。"白玉兰树的叶子哗哗作响，仿佛在点头回应。

每到江南进入七八月间，每天早上，邹奶奶就会颤巍巍站上小方桌，仰面朝天，伸手从树枝上采撷一些白玉兰花，装进一只锡罐。

摘够一天的量，邹奶奶用润湿的白色小毛巾垫在下面一层，上面再辅一层，中间整整齐齐摆放着一朵朵白兰花，像尖尖的毛笔头，小巧可爱。

邹奶奶挎着竹篮，缓步来到超市或是百货大楼门口，轻声地叫卖："白兰花，白兰花，喷喷香的白兰花，要伐？"邹奶奶不缺钱，她卖花不为钱，只想把白玉兰的花香传递给每个人。她那吴侬软语像白玉兰花香一阵阵侵袭着匆匆赶路人的鼻腔，尤其是姑娘们，使得她们不由得停住脚步。

"多少钱一朵，奶奶？"

"一块一朵。"

两小朵白玉兰花，衬着一片绿叶子，经过邹奶奶的巧手，用细而软的铁丝并蒂缠绕着，系在一位姑娘的衬衣第三颗纽扣上，小姑娘低眉便闻到一股沁人心脾的清香。

一对老夫妻买了一大堆，他们告诉邹奶奶，拿回家把白兰花挂在蚊帐钩上，那股淡淡的清香，能把蚊子熏醉忘了工作。

邹奶奶还会把透着灵气的白兰花用新手绢包好，让女孩们塞进衣服里，靠腋下贴身放，可以解决盛夏易出汗有异味的尴尬。

"闻得到香，看不见花，是不是很有腔调？"邹奶奶语气中带着自豪，女孩们点点头，面带微笑，继续前行。

邹奶奶望着她们远去的背影，似乎看到了年轻的自己……以前江南一带的姑娘都有随身带白兰花的习惯，浑身上下像是洒了香水。二十出头的邹奶奶那可是村里一枝花，像一朵纯洁的白玉兰，终日散发着淡淡芬芳，吸引着无数小伙子的目光。最后还是相貌堂堂、淳朴善良的退伍小伙阿顺赢得了邹奶奶的芳心。可一九九八年阿顺组织村里抵抗特大洪水时，几天几夜不睡，劳累过度，不幸被洪水冲走……邹奶奶强忍悲伤，把阿顺穿过的衣裤烧成灰，埋在白玉兰树下。往日里的斑斓光影，刻骨记忆，心动声音在邹奶奶脑海里渐渐远去，只留下缕缕白玉兰，香如故。

一辆轿车猛地急刹，停在邹奶奶身旁，把邹奶奶从回忆中拉到现实。那人掏出钱，要买几朵白玉兰，挂在空调出风口处，那样，车里会香气扑鼻。邹奶奶收了钱，正低头取白玉兰时，交警来了，司机加速踩加油，向前狂奔。"哎，你的花。"邹奶奶捧着花，跑了出去，穿梭在呼啸而过的滚滚车流中，凭着印象，把白玉兰递给那位司机，回头却被一辆车撞倒在地……

凛冬离去，盛夏又至，满街依旧白兰花飘香，几位陌生大婶叫卖着。只是没有了邹奶奶的身影。路过的行人感觉似乎少了什么，似乎又没少什么。

他们怀念的是什么？是白玉兰花本身？还是买白玉兰的乐趣？还是卖玉兰花的人？其实啊，气味也是有记忆的，会带领他们回想起逝去的美好童年，柳树摇摆间无忧无虑的日子以及再也见不着的人儿。同样，他们也相信会有新的相逢，有人将芳香与温暖延续……

临终前，邹奶奶把白玉兰树捐给了村里。

深山信使老郑

年幼的老郑就已明白，邮递员是一份很辛苦的工作，而且很危险。父亲意外去世后，曾留下了一大袋邮件，一时间没人送。年迈的爷爷看在眼里，急在心里："邮件可耽搁不起啊。"说着，领着才十多岁的小郑，走了几天，踏遍了村里的各个角落，硬是把邮件准确地送到了乡亲们手里。

"卫星啊，要好好读书，等你长大了，接你父亲的班哦。"老郑谨记着爷爷对他说的这句话。十九岁那年，他如愿穿起和父亲一样的绿色制服，成为了一名乡邮员。

老郑年轻那会儿，负责的区域没通公路，翻山越岭全靠两条腿。老郑凌晨四五点就要起床，背上十几斤重的报纸便出发，每次送完报纸天都黑了，只得借宿在乡亲家里。夏天热得衣服都穿不住，三天两头中暑；冬天衣服不能多穿，走路不方便，出汗多，风一吹更冷。

山林深处，树影婆娑，老郑背着邮袋，身后只剩下一个孤单的身影。口琴和军用水壶是老郑随身携带的两件"宝物"。老郑寂寞时吹口琴解闷，吹渴了，掬一把山泉水，再接一壶水。日复一日，老郑竟把水壶口的螺纹给磨平，盖子怎么也盖不严实了。

遇到下雪天，白茫茫的雪花像一块幕布，将整个山野覆盖起来，难以看清道路。一次，老郑一脚踩空，瞬间连人带包骨碌碌地滚下山。老郑挣扎着爬起来，第一件事就是检查邮件是否有遗落，浑然不知自己腿部受伤流血了。

有一年冬天，茶园到横坑的坡道结了厚厚一层冰，老郑几次都没爬上去，就一咬牙，把鞋子一脱，穿着袜子，艰难地爬上坡，双脚几乎冻得麻木了。他跌跌撞撞赶到村民家，那家老奶奶心疼得直落泪，赶紧捧出火盆，让他烘烤取暖，好久，老郑的双脚才有知觉。

直到二○○四年，山区终于通了公路，老郑咬咬牙，花了六千多元买了一辆摩托车，开始新的征途。当然，自己投递的邮路总长也扩展到一百零三点六公里。对新手而言，狭窄崎岖的山路是一种挑战。老郑骑得异常小心谨慎，水库边的路不敢开，下车推着车走；斜陡的上坡也推行；两车交会时，他也小心翼翼停下等着。也不知摔了多少次，最严重的一次摔断了两条肋骨，老郑也只是休息了两天就回到工作岗位。慢慢地，老郑练出了过硬的驾驶技术，但他脑袋里始终绷紧安全驾驶的弦，丝毫不敢大意。

大应村是箬阳大山最深处的村子，村民生活条件艰苦。但山上的野生猕猴桃漫山遍野。大应村吴支书动员村民们自行采摘猕猴桃，但一直苦于没有销路，只能干着急。老郑得知后，利用网络平台和邮乐购以及"出租车群"，凭借个人的人脉关系，每天利用下班休息时间，把村民们采摘的猕猴桃带出去，全部销售一空，带给村民很大一笔收入。

沙坑村养牛户郑根才养的高山黄牛肉质特别鲜嫩，但因交通不便，五十头大黄牛无人问津。老郑设法联系了一位工地包工头，一下销售了二百多斤牛肉。同时，他还和弟弟自贴油费将牛肉运下山帮助销售。

这些事，如果老郑自己谋些私利，会赚不少外快，但老郑没有这样做，他觉得帮助别人是一件比赚钱更有意义的事。

二〇〇〇年罗坪村修公路的时候，老郑捐了一千元钱，还要村支书保密。那时，老郑每月工资也只有五百元。老婆以为老郑乱花钱跟他吵了架，事后还是张贴红榜时，邻居告诉她的呢。

大山里没有饭店，老郑便带一些饼干在路上吃。村里孩子多，五六岁的娃娃们每次看到老郑都很开心，因为老郑伯伯有好吃的饼干。看到孩子们天真的笑脸，即使手中的饼干是当天的午饭，他也会高兴地分给孩子们吃。

大应村七十一岁的邹姓老人，有个独生儿子在外地工作，无法照顾到她。老人每年的独生子女费都要到一百公里外的镇上去领取，而大应村到镇上每天只有一班车，如果赶不上回程班车，就得在镇上住一晚。老人会晕车，也心疼住宿钱，每月领钱都是一次折磨。老郑知晓后，主动帮她代领独生子女费，同时还代买日用品，代交水电费，乐得老人一见到老郑就亲热地泡茶给他喝。

安地镇茶山下村八十六岁的廖奶奶，有三个儿子，她每个月轮流到儿子们家住。她的二儿子在市区开饭店，老人虽住在他家，但二儿子没办法回家照顾。老郑主动承担起了帮老人带米、带菜等工作。老人有严重的风湿病，有一次老人的膝关节疼痛难忍，走不了路，刚好老郑帮老人带来了一些菜，见此情景，他特意跑一趟为老人买来特制的伤湿膏。老人感激不尽，逢人便说："老郑太好了，比亲儿子还好。"

身为箬阳乡中心学校校外辅导员的老郑，每月上一次辅导课，他结合自己的工作体会，以朴素的语言，给孩子们讲诚信，讲责任心，讲如何面对困难，讲做人的道理，他是师生眼里最值得信赖的人。有一次他的摩托车在半路上坏了，为了让师生及时收到报刊邮件，他推着摩托车，先把报刊信件送到学校才去修车。老郑说："既然答应孩子们准时到达，就一定要做到，不能食言。"

"信"字，在他心中比黄金还珍贵。

深山信使老郑就这样坚持着，始终如一。

都先生

1937年冬夜，天阴沉沉的，像一块破旧的黑色抹布。杭城，一间小屋内，气氛十分压抑。

一张盖有"大日本帝国"鲜红印章的委任状放在一位西装革履，戴着一副圆形黑框眼镜，瘦弱的先生的面前。

"只要先生肯为皇军效力，好处大大的有。"一位汉奸翻译谄笑着说。先生站起身来，沉默片刻，环顾四周，一排荷枪实弹的日本宪兵挤满了他的办公室。

先生抬了抬金丝边眼镜，缓缓地说："容我回去和家人们商议一下，可否？"汉奸翻译给带队的日军山木大佐听，山木点点头。先生随手拿起委任状，对折，放入公文包，夹在腋下，坦然地走出了办公室。

第二天，日军再到办公室找先生，发觉房内空无一人，又寻到先生的住处，房门紧锁。砸开门后，一瞧，人去房空。"八格牙路！"山木大佐大怒，狠狠打了汉奸翻译几个耳光，"他的，狡猾狡猾的。"日军一把火烧光了先生的厂房和住所。

连夜带着家眷们逃往上海郊区的先生，在途中听说厂房烧毁的消息后，从不轻易流泪的他，落泪了。

他，名叫都锦生，是杭城知名的爱国实业家。

在那段战火纷飞的岁月里，都先生常常站在住所的院子里，踮起脚，向着南方远望，目光久久不愿离去。

号称丝绸之府的杭城，从唐朝起就生产织锦。清朝时期，与南京"云锦"、苏州"宋锦"、四川"蜀锦"齐名。其中最具代表性的就是都锦生织锦。

创始人都锦生先生出生在杭州茅家埠，幼承庭训，敦品励行。

都锦生先生从小埋下将西湖的湖光山色织入画中的夙愿。在浙江省甲种工业学校留校任教期间，都先生利用自己拍摄的一张照片，大胆摆脱传统丝缎设计画法，改用八枚缎设计法，以不同画法表现三十五种色阶层次。历经反复试验，制作成功当时世界上第一幅风景织锦画《九溪十八涧》，轰动了全国。

画中，一条清澈见底的涓涓小溪，夹裹着小鱼儿，从龙井蜿蜒而下，缓缓流过十八道溪涧，愈转愈深，亦愈幽秀。四山环抱，苍翠万状，青山白云，潺潺流水，鸟儿争鸣，景致跃然于绸面上。

这幅长七英寸，宽五英寸，划时代的作品为都锦生的诞生奠定了基石。随后，都先生在家中办起了丝织厂，开始实业救国。

都锦生丝织厂继承杭州传统织锦工艺，又不断创新，研制出了五彩锦绣，将中国画与西洋画的表现形式通过织锦工艺体现出来，形成特有的艺术风格。彩色古画织锦《宫妃夜游图》代表中国参加在美国费城举办的 1926 年世界博览会，荣获了金质奖章。都锦生织锦被誉为神奇的"东方艺术之花"，一时蜚声中外，产品远销东南亚和欧美，出现一锦难求火爆场面。

"九一八"事变后，都先生为抵制日货，停止购买日产便宜的人造丝，宁愿改用价格昂贵的意大利和法国的人造丝，引起日本客户的强烈不满。

随后日本发动全面侵华战争，8月日本飞机轰炸杭州，都锦生丝织厂被迫停工。12月，日寇侵占杭州，杭州沦陷。日军指挥官山木大佐企图借助杭城名人为新成立的伪政府效力，他们找到了都先生。没想到，山木被都先生的"金蝉脱壳"之计给耍了。

都先生在上海重建厂房，维持小规模生产。不久，日军占领了上海，丝织厂再次被迫关闭。

悲愤交加下，都先生病逝他乡，年仅四十五岁。临终前，他交给子女们一个厚厚的信封，里面装的是他日夜撰写的织锦技术资料。

都先生的子女在中共地下党人的帮助下，辗转千里，来到延安。

中华人民共和国成立后，都锦生的后人把都锦生织锦技术无偿捐献给祖国。"都锦生织锦是中国工艺品中的一朵奇葩，是国宝，要保留下去，要后继有人。"周恩来总理做出指示。

杭州市政府继承都先生未竟之业，成立了都锦生实业有限公司。都锦生丝绸常常作为"国宝"级礼品馈赠给外国元首政要，2022年都锦生丝绸成为杭州亚运会特许商品，将展现在亚洲各国友人面前。

都先生"艰苦创业，开拓创新"的精神一直传承至今。他名如其人，为锦而生，为锦而死，被后人永世铭记。

掌杯人褚小五

褚小五成为师父的掌杯人，让紫鸢戏班的徒弟们全料想不到。

比小五进师门早很多，比小五唱功好、模样俊的也很多，何况小五出身低微，连他这条命也是师父救回来的。

紫鸢戏班是浙北有名的越剧戏班，一年四处演出，场场爆满。戏班每年农历初八开箱，年三十封箱。开封箱典礼隆重，讲究。所有戏班成员依次出场，一般按进师门早晚，也有特殊的，比如台柱子，都是靠后出场。而掌杯人排在师父前面，倒数第二位出场，威风吧。

那您要问了，啥是掌杯人呀？其实就是专管师父水杯的人。您想，师父能将自己喝水的杯子交给某人，相当于把自己的性命交付于他，重要性可想而知。

那是当时戏班与戏班存在相互排挤妒忌，竞争造成的情况：哪个班子生意火了，戏班主或是台柱子一不留神会遭人算计。算计方法简单，花钱找人混进戏班，趁人不备，找到标有班主或台柱子名字的杯子，把哑药洒进去。人喝了后，死不了，只是哑了嗓子，没法唱戏。那这戏班生意保准垮塌。

紫鸢戏班这些年生意红火，归根于戏班主师父唱功了得，惹得同行很妒忌。师父能把水杯托付给褚小五，那是相当看重他了。

褚小五这条命也是师父救的。没错。那年冬天，褚小五倒在路边，身子冻得僵硬了，师父一摸脑门，滚烫滚烫的。师父二话不说，抱了回来，花高价钱请了郎中救治。褚小五的命是保下了，但落下了病，他嗓子哑了。哑巴对戏班来说，毫无用处。

其他人劝师父赶褚小五走，但师父没答应，留他在戏班里干些杂活，洗衣做饭啥的。褚小五倒也勤快，每日清晨，没等鸡叫，起床干活。晚上等大家鼾声四起，收拾完毕的褚小五才就寝。大家一有杂活，一拍小五肩膀，用手一指，褚小五便伸出大拇指弯一下，表示马上去做。一句话，小五勤快得很，也听话得很。

有一次，戏班演出散场太晚，没寻到旅店，找了个荒废院子就寝。半夜院内起火，火借风势，"呼呼呼"一下子着起来。晚睡的褚小五察觉了，扯着嗓子，"啊啊啊"喊，叫醒大家，又闯进火海把睡得迷迷糊糊的师父背了出来，手里还不忘捎带着师父的水杯。

清点财物人员后，大弟子正春不见踪影。

这火如何起的，师父心知肚明，他不想追究，只是把自己的水杯重重放在褚小五手心里。捧着水杯，褚小五就像捧着一个刚出生的婴儿，万分小心。

大弟子正春在重金诱惑下，加入一直和紫鸢戏班抢生意的戏班。

正春跟着师父学了十多年的戏，唱功也了得，但性格太傲。那夜悄悄放火，没成功，全因褚小五碍事。

有天深夜，正春偷偷返回紫鸢戏班，敲醒褚小五，把一包药和一封信扔在他眼前。

褚小五打开那包药，白色粉末，褚小五认出是哑药，连连摇头。

"你自己看着办吧，现在天下不太平。有了钱财，你就离开戏班，找个安身之处逍遥快活去吧。"正春说着，打开那信封，里面是两张数额不菲的银票。

正春扔下药和一张银票："事成之后，全给你。"

褚小五拿着药和银票，呆呆望着正春远去的身影……

小鬼子说来就来，很快攻占了浙北地区。带队的伊藤少佐是个中国通，精通中国文化，尤其喜欢听越剧。那日正逢伊藤少佐和妻子结婚二十周年纪念日，伊藤少佐为讨让他飞黄腾达的太太欢心，指明要紫鸢戏班来唱经典剧目《梁山伯与祝英台》。

做了汉奸的正春奉命前来劝师父。

"你个畜生，做了小鬼子的走狗。"师父张口就骂。

"识时务者为俊杰。"正春嬉皮笑脸地说，"为了活命，我没法。"

"哼，你倒怕死。"师父轻蔑一笑，"如今梅先生都蓄胡不给鬼子唱戏。我虽不如梅先生，但也有骨气。你回去就说我嗓子哑了，唱不了。"

"哑了？"正春摇头晃脑，走近师父。

"进来，小五。"师父喊道。门外的褚小五捧着水杯进入。

师父做了个倒药的动作，小五使劲摇摇头。师父瞪了小五一眼，小五才不情愿地从裤兜里拿出一包药。正春一瞧，认出是自己上次给小五的那包药。

师父喝了小五倒入药的茶水，朝正春做了个"滚"的手势。

正春知道那药的毒性，师父嗓子是彻底毁了："算你狠，咱走着瞧。"

连夜师父解散了戏班，褚小五跟着师父，一起逃到偏僻山林……

中华人民共和国成立后，据说浙北有一对"父子"表演的哑剧甚是精彩。

（本文刊发于《当代小小说》2022 年秋季卷）

蒸笼匠老王

西汉大将韩信在作战间隙，发现水汽蒸出来的食物味道鲜美，耐于存放，便下令士兵用竹木制成炊具，这就是蒸笼雏形，一直流传至今。

王家宕村的老王初中毕业后没考上高中，拜师学了篾匠。别的篾匠啥都学，老王却一门心思学做蒸笼。

蒸笼以毛竹为主料，杉木、白藤为辅料，经过刨平、制箍、钻孔、绑接、编织等三十余道工序。几十年来，爱琢磨的老王不断创新，把蒸笼做得好看，耐用。如选材料，不同季节的竹质量有好坏，冬季的竹最佳，选七八十斤以上的，越大越好。竹节平坦，节间等距长，穿出来的蒸笼光洁平整。

老王把竹子劈成宽厚度均匀的竹片，用竹篾将竹片弯成圆形。关于圆周和直径的关系，老王初中学过，直径乘以三点一四，就是蒸笼圆周。老王算出长度后，多加半尺，用来做合拢两端的搭头。制箍要掌握竹片弹性，注意用巧劲，不然容易断裂。圈箍里蒸放东西的叫饭架，中间一根木头，是横梁，如同房子栋梁，选用杉木，轻巧，不易腐烂。饭架的竹片穿过杉木，杉木两头穿出箍，成为手柄，蒸时可端。

蒸笼帽头最考验手艺。帽头呈半球形，用白藤把竹圈扎紧，里面编三层篾条，上两层编方格子图形，中间垫粽子箬壳，最下层编梅花眼，起到支撑作用。老王做的帽头，上面站个小孩，不会瘪下去。

那时王家宕村家家户都户要做一套蒸笼，红白事用得着。普通人家，三格一帽或四格一帽，大户人家是五格一帽。那段日子，老王很忙，忙着给乡亲们做蒸笼，生意好得很。

时光来到了人们对新事物包容和接纳的二十世纪九十年代。塑料制品、铝制蒸笼大量出现，加上老王的蒸笼质量实在好，一套够用几十年，老王的生意剧减。不得已，老王做起脚手片生意。

相比蒸笼，脚手片制作简单多了，横竖竹片拗成长方形，用铅丝绞紧，老王不敢马虎，这玩意不是闹着玩的，偷工减料要出人命。竹制脚手片是建筑工地防护使用最为广泛的，相比木头，更坚韧，相比金属，更便宜，重量适中。

老王的脚手片质量好，定价也低，一张只要三元钱。他不愁销路，他侄子阿东在城里开了建筑材料店，每隔半月来进一次货。侄子对他说，每片他只加伍角利润。老王满意地点点头。

那回，老王去了趟城里，回来脸色带有愠色，令人想不到的是，老王重新做起蒸笼来。

老王犯傻了？不是。

那天，老王难得去城里办事，路过一个工地，走进去，瞄了瞄脚手架上铺的脚手片，不错，是自己做的，心里很是自豪。奇怪的是，脚手片铺的并不密集，连接处还留着两只脚的缝隙。老王递了支烟给一位刚从脚手架上下来的工人。

"老哥，这手脚片咋样？"

"不错，不错。"工人连连称赞，"走在上面，'吱嘎吱嘎'声很小，走着踏实。"

"那为什么不铺密点，您看，还有不少缝隙呢？"

"省钱呗。"工人贴着老王的耳朵悄悄地说，"质量好的自然贵啰，哈哈。"工人两根食指交叉，偷偷向老王做了个"十"字。

老王一脸惊愕，呆住了。

老王匆匆赶到侄子的建材店。"二叔来了，坐，我给您泡杯茶。"阿东很客气。

"先不喝。"老王问，"阿东，我的脚手片你卖多少一片？"

"三块五呀。"阿东脸上略过一丝异样神色，"您还信不过侄儿我？"

"阿东啊，别昧着良心赚钱。"老王放低声音，"你爹是咋没的，你比我清楚。"

阿东点点头。十几年前，阿东的父亲，老王的大哥在一个小工地上干活，工地老板舍不得多花钱，安全措施不到位，特别是脚手架搭得摇摇晃晃。老王的大哥一不留神跌落在地，重伤去世。

"二叔，您又咋提伤心事？"

"我不提，会有更多人受伤！"老王一改瓮声瓮气语调，提高嗓子，"到底卖多少钱一块，你？"

"三块五呀！"

"还骗鬼！"

老王冲到阿东办公桌前，打开抽屉，一通找，翻出账单，上面赫然记着脚手片售价为"十元 / 片"。

"哼，我给你便宜，是想让更多工人能用到我做的脚手片。"老王涨红了脸，"你小子心够狠，提价这么多！"

"这……"阿东解释道，"二叔，您的脚手片不是质量好嘛，卖贵些，很多工地还是愿意买。要不我按五块一片结算给你。"

"呸，呸。我才不稀罕呢。"老王愤愤离开，饭也不吃，"你以后不要来进货了。"

回家路上，老王买了几个包子充饥，用铝制蒸笼蒸出的包子，吃着总觉少了些什么。

后来，老王把一大批做好的竹制蒸笼全捐给了福利院和孤儿院。受到表彰的老王很激动，别看他文化水平不高，但他记着父辈告诫他的那句老话：做人得像竹子，段段是骨节呐。

（本文刊发于《湖南工人报》2023 年 3 月 10 日）

复仇记

郊外。

古朴的一间木屋旁，一座青石板桥上，两旁三米多高的旗杆上挂着几个红灯笼，那点点火光，如出游的孤魂，在寒风中轻轻摇曳。

桥上，两个黑影打斗正酣，他们时而混作一团，时而左右对峙，很快，黑衣少侠占了上风，他长剑一挑，直直朝一位白发老者心窝刺去。"哎呀"，老者叫唤着，应声跌落在石桥的地面上，殷红的血水四处溅开来。

"敢问……少侠，你，我……平生素未谋面。"老者左手颤抖着撑地，大口喘着粗气，怒目而视，断断续续地问，"今日何故，非要……置我于死地呢？"

黑衣少侠"哼"的一声冷笑，解开身上的绑带，掏出一个长方形锦盒，"啪"的一声，扔在地上。老者缓缓打开盒子，出现一口刀，斑斑铁锈，刀刃上残留着一大摊血迹，早已风干，似玫瑰花般黑红黑红，刺眼得很。

"是该物归原主的时候了。"黑衣少侠露出冷峻的面容，咬着牙，狠狠地说。

抚摸着刀柄上镌刻的"泗州李西岳"，五个依稀可见的烫金小篆，老者满脸的疑惑，追问道："少侠，我这柄刀，怎会在你手里？"

"那让你死个明白吧。"黑衣少侠牙齿咬得"咯咯"作响，发出的声音，低沉而沧桑。"二十年前，家父为救治病人，上山采药，攀至山间悬崖，谁曾料想，半空竟然会坠落一把刀，正好砸中他头颅。家父从几百米处跌落，翻滚倒地，头上血流不止，发现后送至就医，不治身亡。当年才十岁的我，抱着家父，无助地痛哭，眼睁睁看着他咽下最后一口气却无能为力。"

听闻此番话，李西岳张大嘴巴，呼吸急促起来，消瘦的脸上掠过大写的惊讶，脑海中闪现出二十年前的那场惨烈的厮杀场面。

那日，行侠仗义，行走江湖多年的李西岳被一群恶徒围攻，打斗中，手中的刀被恶徒们用武器挑飞，失手落入旁边的悬崖。幸亏增援的侠士及时赶到，合力击毙了这些江湖败类。但自此后，李西岳没了刀，也厌倦了江湖上的打打杀杀，放下恩仇，归隐山林。十年前，娶了妻，生了子，在郊外开了家酒店，安身立命，渐渐也荒废了武功。

李西岳万万没想到，自己的刀却白白害了一条无辜的性命。"哎呀，真是造化弄人。"李西岳回忆着，回到现实，痛苦地摇起头来，嘴角几番抽动，许久，却吐不出一个字来。

此时，黑衣少侠插剑入鞘，抬左脚一钩，地上的刀，应声握在手中。

"此刀啊，彻底改变了我的一生。本想继承家父衣钵，不料医术于世无用，只能浪迹天涯，习武复仇。"黑衣少侠声音咆哮起来，"为寻找你，误伤了不少人，落下了恶名声！"

"哎，杀人理应偿命，我不怪你。"李西岳长叹一口气，慢慢紧闭双眼，喉结随着喘气声，快速蠕动起来，"少侠，动手吧，老夫甘愿受死。"

黑衣少侠一愣，然后朝西边弯下腰，深深鞠上一躬，举起刀，朝李西岳的头颅砍去……

"唰唰"，本是晴空，几道闪电突然划破黑夜，随即"轰隆轰隆"，几声闷雷声，"哗哗"下起雨来。

只见明晃晃的刀影落下，李西岳睁开眼，自己的脑袋竟然还长在脖子上，只感觉一阵火辣辣的疼痛。

当心怀满腔复仇怒火的黑衣少侠举刀时，刀刃上闪现出一个躲在小木屋里八九岁孩童的身影，攥着双拳，浑身战栗，惊恐地望着他，眼神中却透露着坚定。刀，在半空中，旋即停住，黑衣少侠轻轻一转，刀背便在李西岳的脖颈上留下一道浅浅的印痕。

"止戈为武，止戈为武。"黑衣少侠的耳边忽而响起师父的告诫，便飞身离去。身后，石桥上，李西岳生平第一次把头磕得梆梆响。

（本文刊发于《仰韶》2018年第3期）

一只见证时光的邮筒

　　你是一只邮筒。

　　你扁扁的脑袋，戴着一顶橘黄色帽子，圆圆的身子，披着一件墨绿色外衣。

　　你来自大城市工厂的流水线，一路风尘，一路奔波，站在了小镇的老槐树底下。在你眼里，一切都那么新奇。

　　他是你的主人，你亲切地叫他三叔，快五十岁了，瘦小个头，穿着和你一样的墨绿色外衣。

　　三叔称呼你为"我的好伙伴"。他很喜欢你，每次看到你，两只不大的眼睛就会发光。每天天不亮，三叔起床第一件事就是一路小跑与你相会。

　　他会从旁边的古井里，打上一桶清澈的井水，"吭哧吭哧"拎到你面前，掏出一块花色抹布，浸泡在水里，接着拧干，摊开，从你的脑袋开始擦，从上到下，从左到右，从里到外，一点也不马虎。

　　半个钟头后，你锃光发亮。

　　此时的三叔，双手插在腰间，喘着粗气，轻轻拍你圆鼓鼓的肚子，乐呵呵地说："你这家伙，肚里装的是街坊邻居的牵挂，得天天弄清爽。"

你真为自己是一只邮筒而兴奋，每天极为享受地看着乡亲们把他们的心里话变成一个个字，折成一封封信件，小心翼翼地塞进你肚子里。

你喜欢和信件聊天，听他们讲述主人们的故事。你更喜欢看着三叔从你肚子里，掏出一大叠信件，放在办公桌上，像操练士兵似的，一封一封，排列整齐，装进墨绿色邮包里，像宝贝一样，挂在墨绿色自行车龙头上。

自行车后座坐的也是三叔的宝贝，四岁的小孙子，他父母在城里忙着上班，老伴帮着带。小孙子喜欢跟着三叔送信。

"爷爷，这里面是啥呀？"好几回，小孙子踮起脚尖，往你肚子里好奇地张望。

"思念。"三叔意味深长地对小孙子说。

"啥是思念？"小孙子昂起头问，"好吃吗？"

"哈哈，思念不能吃，但很甜。"三叔笑着，两只小眼睛眯成两个单引号。

晨曦中，三叔朝你挥挥手，骑上车子出发了。很远，你还能听到小孙子的笑声，你知道，三叔在讲笑话逗着他呢。

夕阳的余辉下，把三叔影子拉着很长很长，三叔一手把着自行车龙头，一手扶住紧紧握着半根糖葫芦昏昏欲睡的小孙子，回到你身边。

"爷爷，等我长大了，也给你寄思念。"一次，小孙子摸着你的脑袋，一脸认真地说。

"好，好，我的乖孙孙。"三叔笑得合不拢嘴，你也很开心。

时间就像一个沙漏，不急不缓在流逝。等你察觉到，你发现你的三叔，哦，那时，大家都管他叫作三爷，头发白了，背脊也弯了，自行车也生锈了。他自行车后座，早已没有了小孙子的笑声。

三爷的小孙子长成大小伙子了，一个人独自在大城市闯荡。

他锋芒毕露，意气风发，想做出一番事业，却把一切秘密都藏在内心里，一肚子的话，像长了翅膀一样，扑扑棱棱，飞得无影无踪。

而你，依旧站在老槐树下，渐渐地，你不再像往常受人关注，被大多数人遗忘了。

你打听到，人们拥有了一样新奇玩意，叫手机，让他们更方便地交流，不再需要寄信了，就不需要你了。

"人们啊，终归嫌弃了我。"你很悲伤。

你唯一的安慰，是退休的三爷，每天准时来到你身边，打水，掏布，给你擦身，给你洗澡。几十年一贯的享受，让你心里舒坦不少。

好多次，你发现三爷伸长脖子，瞪着那双浑浊的眼睛，往你肚子里瞧，目光久久不肯离去。

过了些时日，你发觉三爷也好久没来了。

你心里七上八下，不安。

你从邻居们口中，得知三爷住了院，好像得了阿尔兹海默病，记忆力下降厉害，很多老街坊认不得了，很多事情也都忘却了。

"三爷怕是认不得我了吧？"你暗自伤心。

深秋的一个清晨，那张熟悉的脸庞，再次映入你的眼帘，你又惊又喜。

刚刚出院的三爷不在家好好待着，踱着颤巍巍的脚步，来到你身边，给你擦身，洗澡，呆呆望着你，喃喃自语："老伙伴哟，咱的宝贝孙子，为啥还不来信？"

……

几个月后，另一张陌生但感觉似曾相识，长满青春痘，挂着泪水的青年面容出现在你眼前。你惊愕瞧见，他手里拿着一张小小的照片，正是冲你微笑的三爷。

你的眼泪，夺眶而出，你感觉，生命里失去了一位至亲。

第二天，人们惊讶地发现你伫立在一座新墓旁边，像一块丰碑，见证着一段美好的时光；又像一位卫兵，守护着你昔日的主人和老伙伴。

（本文刊发于《姑苏夕阳红》2020 年第 4 期）

许巡检司

"西下严陵滩，东流第一关。"

1386 年即明洪武十九年，朝廷在富阳场口东梓浦设立巡检司并派有军队驻守，名为东梓塞，后改称东梓关。

巡检司作为一个官职，始于五代，盛于两宋，金及西夏也有类似设置。巡检司一般设于关津要道要地，归当地州县管辖，东梓关背丘临江，为杭州西南屏障，一旦有事，兵家必在此地用武。

巡检司品级为从九品，位卑禄薄，经常深入民间，巡检统领相应数量的弓兵，负责稽查往来行人，打击走私，缉捕盗贼。事务繁杂，责任重大。明朝灭亡后，清朝继续设立巡检司。

清末，富春名门之后许秉分任东梓关巡检司时，正逢天下大乱。盗贼横行霸道，百姓苦不堪言。身材魁梧的许巡检司，生性刚烈，从小练就一身好武艺，亲率下属日夜查防。

有一次半夜，他查访到偏僻角落，恰巧碰到几个流寇在调戏一妇女，他一刀一个斩杀了。在他治理下，东梓关民风好转，秩序井然，百姓日子过得安稳。

许巡检司即将离任之际，遇上太平天国运动。花甲之年的许巡检司奉旨留任，他清点了手下管的甲兵，统共才一百二十人，兵力实在悬殊，根本抵御不了太平军进攻。

许巡检司深思熟虑后，一边向上级汇报，调遣士兵，一边出重金招募当地及附近新城等地方的武举武生几千人，亲自训练，把自己最擅长的天罡地煞拳和麦叶枪毫无保留地传授给他们。

1860年10月，太平军在李世贤率领下占领严州、桐庐、新城后，拟进攻杭州。夺取杭州须越过东梓关，浙江巡抚命令富阳总兵刘秀三、副将刘芳贵加强防守。许秉分也接到死守东梓关的命令。

太平军抵达富阳城下，与清军交战，击毙刘芳贵，进军富阳西门，又毙刘秀三，占领富阳，李世贤轻蔑地大笑："不日将取杭州矣。"在攻东梓关时，太平军受到许巡检司率部顽强抵抗。

头发花白的许秉分站上城楼，对将士们高声说："人生为一盘棋，你我皆为兵卒，行动虽然缓慢，可谁又曾看见我们后退一步？我们死不后退，对否！""对！对！"士兵们齐声高喊，深受鼓舞，浴血奋战，打退了太平军一次又一次进攻。

几天几夜后，太平军兵力和补给不足，撤离富阳往余杭。

一战成名，许秉分受到朝廷嘉奖，擢升为正九品。许秉分本想辞官离任，东梓关百姓跪地挽留："万一长毛（清人对太平军的蔑称）再来，我们咋办？"

许秉分摸着花白胡须，望着远方，深思许久。夜晚辗转反侧，难以入睡，脑海里全是一双双乡亲们殷切眼神。

"壮心未与年俱老，死去犹能作鬼雄。"许秉分奋笔疾书，用陆放翁的诗句激励自己，极力说服家人，继续镇守东梓关。这次，他变卖大半家产和田地，购买武器，招募民兵，日夜操练，丝毫不敢懈怠。东梓关的壮丁们也自觉地加入到队伍中来。

果然，第二年秋，太平军李秀成率军从严州出发进攻杭州，避开清军重兵把守的富阳县城，横渡富春江，于次日进克萧山，又占领绍兴，迫使清军从富阳驰援省城。

是时，太平军将新城、绍兴、萧山一带的兵力全部集聚于富春江，乘虚再攻富阳。为保卫和争夺富阳县城，太平军与清兵进行了近六个月惨烈交锋，镇守东梓关的许秉分在太平军炮火攻击下，身负重伤，但他始终不肯下火线，坐镇指挥，最终在左宗棠派来的援军协助下，再次力保东梓关不失。

好不容易打跑太平军，东梓关曾经的繁华景象元气丧尽，百业凋零，百姓们无所得食，日子难过。

　　许巡检司看在眼里，急在心中，一狠心，变卖了家里所有值钱财物，甚至把妻子和女儿的金银首饰也拿去变卖了。他远赴金华、衢州等地，买回数十头耕牛和大量豆麦种子分给村民们，帮助村民重建家园，恢复生产。几年后，东梓关慢慢繁荣起来。

　　许秉分临终前交代后人不要为他建庙歌功颂德。他病逝后，东梓关每家每户大门贴上许巡检司威武的画像。

　　　　（本文刊发于《含山文艺》2021 年第 2 期）

"金衣"传人刘爷

富春传统特产豆腐皮，色泽金黄，薄如蝉翼，有着"金衣"美誉，早在明代列为贡品。其中属东坞山豆腐皮最负盛名，究其原因，一是水质好，溪水源于高耸入云的大龙山，终年水清如镜，含有丰富矿物质，味甜爽口。二是凭借祖辈流传下来的"三口风"绝活，把制作水准推向了极致。

提起历代东坞山"金衣"传人，德高望重的刘爷绝对排首位。

论年龄，刘爷年纪最长，论手艺，刘爷技艺最精湛，村里一半人是他的徒子徒孙，论胆量，刘爷亲手杀死过日本鬼子。

刘爷十三岁就跟着爷爷、父亲学做豆腐皮。

都说"撑船、打铁、卖豆腐为人生三苦"，三者都是力气活，小心活，时间活，起早贪黑，少吃多干，耗的是身体，亏的是健康。其实做豆腐皮更苦，不仅流程复杂，要求繁多，且要在室温四十五摄氏度的封闭室内操作十几小时。每次完工后，刘爷全身大汗淋漓，像是从水缸里捞出来的。全身蜕了一层皮似的，感觉都要虚脱。

刘爷年轻气盛，肯吃苦，头脑灵活，爱钻研。别人需要几年，甚至十几年才能掌握的"三口风"绝活，在学艺第三个年头刘爷已经熟练掌握了。

当乳汁似的锅浆初皱时，刘爷沿着锅口微微地吹一转"微风"，初步形成皮。刘爷接着吹"头口风"，随风跟上一条二尺来长的竹篾条，顺势将皮挑起，轻轻贴在梯棒上。刘爷紧接着吹"两口风"，借助风势，抽出竹篾条，皮就留在梯棒上；刘爷再吹"三口风"，将皮如肥白的鱼肚一样鼓起，乘势用竹篾条挑掉多余的豆浆，使皮匀而薄。整套动作干净利索，那豆腐皮油润白净，皮薄油润，落水不糊，堪称一绝。

每日凌晨三四点，鸡还没打鸣，刘爷便跟着父亲和爷爷，挑着担子出了门，从东坞山翻山越岭走四五个小时的古道，一路叫卖，卖完豆腐皮后，再买回黄豆和大米挑回东坞山，天摸黑时才到家。第二天凌晨一点多再起床烧柴，煮浆，做豆腐皮。日复一日，年复一年，生活虽苦，刘爷心里踏实，颇有成就感。

山河多娇人多难，江南三月寇盗侵。日本鬼子说来就来，攻占了富阳城，到处大屠杀，东坞山整个村庄几乎都被烧光了，好些村民惨死在鬼子枪下。

目睹爷爷、父亲、母亲这些亲人纷纷倒在血泊里，鬼子那猖狂的笑声，永远刻在刘爷脑海里。

刘爷含着泪草草埋葬了家人，跟着幸存的乡亲一路逃亡。刘爷始终挑着做豆腐皮的工具担子，看到它们，刘爷就仿佛看到了亲人们在一路陪伴着自己。

刘爷逃到了一支八路军队伍里，毛遂自荐，做起了火头军。

那日，刘爷从地里收来一些小黄豆，从一口井里打上一盆水，浸泡一夜，次日，刘爷拿出工具，在简陋的营地，临时搭成的厨房里，硬是做出了豆腐皮，制作成拿手菜肴"油炸响铃"，端给战士们品尝。

咬在嘴里，"咯吱咯吱"脆，战士们连连叫好。有人问起菜名，刘爷笑着说："这菜啊，叫油炸鬼子，你们多吃点，多杀几个日本鬼子。"

刘爷心里清楚，今日做出的豆腐皮，味道自然没有家乡的好。

"没有家乡的水和豆，再好的手艺也做不出那味。"刘爷用手搓了搓泛红的眼眶，望着故乡的方向，踮起脚望……

刘爷血气方刚，很想上战场杀鬼子报仇，但首长不同意。那日，一伙鬼子进犯八路军驻扎的村庄。预先得知消息的战士们，偷偷撤退埋伏。当鬼子在村里施行"三光"政策时，战士们出其不意包抄过来，一阵枪声，鬼子"叽里呱啦"乱叫，被围堵在村里。

一个鬼子端着枪四处搜查时，被偷偷埋伏的刘爷用粗麻绳死死勒住，动弹不得。鬼子拼命挣扎，两脚一伸，一命呜呼，刘爷拿起刀砍下脑袋，祭奠死去的亲人。

……

终于，共产党带领全国人民赶跑了鬼子，中华人民共和国成立了，在外谋生的东坞山人陆续回到家乡。刘爷领着媳妇、儿女，挑着那副担子，乐滋滋地赶了回来。

村里人重新把家园建起来了，在刘爷的带领下，经过几代人传承和改良，东坞山豆腐皮继续名扬天下。

（本文刊发于《信》2019 年第 4 期）

酿酒师老潘

老潘是一位乡村酿酒师，驼着背，瘦小个头，其貌不扬，却酿得一手好酒。

这位当年嗜书如命，喜欢读小说的年轻人，常常点着煤油灯看《三国演义》《七侠五义》到半夜，早早地戴上了厚厚的镜片。因为父亲，改变了一生的命运。

一九四八年，远在上海的父亲跟随他干活的厂子一起去了台湾，从此杳无音信。

初中毕业时，一向学习成绩很好的老潘不再念书。

"这辈子，怕是出不了头啊。"老潘一声叹息，把课本当柴火烧了，只留了几本小说塞进枕头底下。

父亲一走，家中只剩母亲、老潘、妹妹三人，指望着在生产队里挣的工分，一年也只能换四五十块钱。

生活的重担压在老潘身上。那晚，老潘彻夜未眠。第二天一早，老潘简单收拾了几件衣裤，告别母亲，说出趟远门。

半个月后，老潘回来了，手里多了一根扁担、几副炉具。

"娃啊，你准备干这？"娘明白了。农村里向来有请人酿酒的风俗，春节走亲串友，新女婿上门，但凡红事白事，主人家拿出自家酿的酒招待才显得热情好客。

老潘点点头："这活本钱少，来钱快。"

娘望着老潘，叹了口气，摇摇头："这年头粮食紧张，各家没多少余粮，怕是……"

娘的担忧不是没有道理的。老潘白天在生产队里干活，夜里出去做酒。一连几夜接的活，不超过十几斤的。一斤粮食收一毛钱加工费，忙活一晚，老潘也挣不了几个钱。

每晚，老潘从枕头下摸出泛黄的小说书，一边翻看，一边心想："咱老实做人，认真做酒，问心无愧，怕啥。"

酿酒生涯持续到二十世纪八十年代初。"包产到户"后，村里人的粮仓鼓了起来，主人家出手大方多了，拿出一两百斤粮食做酒不成问题。老潘光明正大地做生意，越做越红火。

一碗醇香的米酒装进肚里，要经历蒸米、制曲、搅拌、保温、挤水好多环节。为了发酵，酒缸温度要维持在四十摄氏度左右，老潘不得不常常徒手去摸缸壁，一旦比手指温度低，他就要覆上棉被。

酿白酒更复杂，老潘要在四层制酒炉的底层不停地添柴加火，在顶部不断加水，四十多分钟后，酒露便从中间的细管子里流出来，冒着热气，一滴滴落入酒缸里。

请过老潘的主人家都说老潘从不缺斤少两，也不乱添东西。喝过老潘酿的酒，都说味道香醇，回味无穷。

"这喝进肚里的东西，全凭良心。"老潘说。比起那些兑水的低度酒和加香料的名酒来说，这几乎是老潘制酒的秘诀。

一晃，老潘老了，长年累月低头弯腰，背驼得厉害。老潘收过不少徒弟，毫无保留传授了手艺。

"酿酒磨豆腐，谁也不敢称师傅。"老潘告诫徒弟们。

酿酒师老潘，自己酒量却浅，喝二三两白酒，脸红头晕。老潘从不喝醉，哪怕遇到天大的委屈。"借酒消愁，愁更愁哇。那样只会越喝越醉，更加想不明白了。"老潘明白着哩。

老潘唯一喝得酩酊大醉那次，是父亲在台湾后娶的老婆带着儿女，捧着父亲的骨灰盒，回乡安葬。

多年不酿酒的老潘，破例特酿了血糯米酒，那酒似血，通红通红。席间，谈起早已胃癌离世的父亲，老潘连声叹道："落叶归根……血脉相连……"，仰起头，大颗大颗的泪珠滚入碗里。连灌几碗，嘴角染得血红血红，谁都劝不住。

"当初要不是你爹，凭你那读书劲，说不定考取大学当个教授，有份体面的工作呢？！"每回，村里人和老潘谈起，无不为他深感惋惜。

听闻此言，老潘缓缓抬起头，扶了扶架在鼻梁上厚厚的镜片，掏出一本早已泛黄的小说，晃了晃满头的花白头发，坦然一笑："看看这本《三国演义》，篡了东汉政权的曹魏结果被司马炎篡了，世事无常，谁也料不到哇……"

说罢，老潘搂过一旁玩耍的孙女，搁在双腿上，亲热嬉戏起来，一脸的满足。

（本文刊发于《红枸杞》2020年第4期）

青山的呼唤

逶迤东青山,蜿蜒盘旋,似一条酣睡巨龙。满山翠竹重重叠叠,山腰一处飞瀑,泉水清澈甘甜,山下一湖如镜碧水。青山倒影绿水中,景色犹如精致水墨画。

山间空气清新,是处风水宝地,山下的村民们抢着把逝去的先人葬在山上。横七竖八的土坟包越建越多,仿佛一个个刺眼的伤疤硬生生烫入画中,大煞风景。

这天,一张《告全体村民书》让村里炸开了锅。村民们聚拢在村委会门口,高声谈论着,激动时口水四溅。

盖着鲜红的政府公章的通告白纸黑字写着:"市里准备开发东青山,建造原生态氧吧疗养院,要求在年底前,将东青山上的土坟,统一迁到新建的生态公墓。"

"迁坟?没门!"一头银发,留着山羊胡子的二大爷,听了村民的谈论,气得用拐杖把地跺得"咚咚"响。

刚上任的小明支书此时正忙着递烟,劝说村民们,

"我第一个迁，大伙跟上。"

小明支书说到做到，率先迁了坟，又动员亲戚和村干部陆续迁了坟。接着召开动员大会，挨家挨户上门劝说，但响应的村民寥寥无几。

眼看快到年底，小明支书坐不住了，火急火燎地赶到县城。

几天后，一辆高档的轿车开到村委会门口，村民们一瞧，原来是生富。生富可是村里的风云人物，在县城里做着大生意。他是最讲究风水的。

生富带着几个家人径直上了山，来到一座坟前，简单上了几炷香，烧了些纸钱，喊了声："爷，给您乔迁咧，您走好咧。"说着，扬起铁锹了，却举在了半空。

二大爷喘着粗气，挂着拐杖，迈着碎步匆匆赶到，张开手，趴在坟头。有好事的村民通知了他。

"小兔崽子，你敢！"二大爷红着眼骂道。

"爹。"生富放下铁锹，堆起笑脸，来扶二大爷，低声低气地说，"政府让咱迁，咱得听。"

"呸，你个臭小子，懂个屁，老话说'莫要迁坟，十迁九败。'"二大爷颤巍巍起身，举起拐杖头，指着生富的头，继续骂，"你是想败光咱家风水不成？"

"败了风水，我自会向祖宗们磕头赔罪。"生富不知哪里来的勇气，提高了声响，口气也硬了。

"你。你，这个不孝子，我，我……"二大爷挥动拐杖朝生富打去，生富一躲，二大爷一个趔趄，差点跌倒，被赶来的村卫生员和亲戚搀扶着骂骂咧咧地下了山。

生富挥动起铁锹。

刚刚阴沉沉的天，转眼间太阳就露出了脸。

迁坟后，生富家一直走好运，儿子出了国，女儿考上了重点大学，回村摆了十几桌，请来乡亲们免费享用。

端坐在上座的二大爷眯着眼，喝着小酒，脸上红彤彤的，一句话也没说。

观望的村民放下心来，全迁了坟。

在期限内完成任务，小明支书端坐在办公室里，长长舒了口气，不由得回想起一个月前那次上门劝说。

那天小明找到生富时，生富正在为自己的水泥生意日益走下坡路而苦恼。

当听到让他迁坟，生富跳了起来："不行，绝对不行。有道是：'穷不改门，富不迁坟'。说实话，我现在的生意越来越难做，风水要是再一动，我就要破财运了！"

"啥风水不风水的，你富起来真靠风水？"小明支书有点生气，"亏你还是个党员哩，觉悟要高点。"

两人沉默好久。

"生富，我给你指条路，怎么样？"小明支书喝了口茶，贴着生富的左耳说了几句，说得生富眼睛一眨一眨直发光。

临走，小明支书叮嘱生富："记住，你可是咱村的明星人物，大伙都看着你呢。"

生富杵着脑袋沉思了许久，忽然拔起陷在沙发里的身子，猛吸了口烟，用力把烟屁股掐灭在烟灰缸里："在理，在理，等我电话。"

生富又悄悄找了他爹，苦口婆心劝了一个下午，二大爷才答应帮忙演这场戏。

氧吧森林疗养院建成那天，山脚下一家原生态农家乐也开张了，古色古香。村民们惊讶地发现农家乐的老板竟然是生富。

大厅里，二大爷挺直腰板，悠闲地捧着一只茶壶，招呼村民们进来喝茶聊天。生富一脸笑容地说："我呢，水泥生意不太景气，听了小明支书的建议，回村办了这农家乐。"说着，生富朝小明支书伸出大拇指。

指着大厅悬挂的牌匾——"绿水青山就是金山银山，"小明支书动情地说，"政府开发了东青山，给村里修了大路。这路一宽，今后大伙致富路也就宽了。我们不仅要迁坟，更要迁思想哟……"

（本文获 2021 年富阳区庆祝建党 100 周年新故事征文大赛三等奖）

蚂蚁与蜜蜂

一张被阳光晒得黑黝黝油光光的脸庞，一身黑色工作服，一辆黑色小电三轮车，汤永刚越瞧越觉得自己像一只小小、黑黑的蚂蚁。

蚂蚁这小家伙，整天在地上爬来爬去，忙忙碌碌，只为觅食，填饱肚子，有时免不了被水淹死，被小孩戏弄死，被人的脚印踩死。

汤永刚是一名快递员。每天清晨一睁开眼，就如同蚂蚁般来来回回，穿梭在大街小巷，日晒雨淋，辛苦不说，一不留心，还遭投诉、委屈和白眼，或是罚钱，扣奖金。

当快递员绝对不是汤永刚的最初理想。

那年，汤永刚从一所职业技术专科学校毕业，不愿回到家乡的小城镇工作，便义无反顾地留在繁华的京城大都市，想凭自己的双手闯出属于自己的一片海阔天空。

年轻气盛的他从事过很多工作，做过企业白领高管，也曾创过业，当过老板。十多年历经风风雨雨，不知是缺了运气还是少了经验，都以辞职或失败告终。

成了家，有了孩子的汤永刚顿时感觉肩膀上的担子，沉甸甸的。为了养家，汤永刚抛下面子，放下身段，做起了自诩是出卖体力的快递工作。

快过年了，快递网点负责人陆续让辛苦一年的员工回了家。老家离得远的先走，近的后走。汤永刚的老家在北京近郊，安排在年三十上午回家。妻子来电话催促他早点回家，汤永刚两手一摊，很无奈。

这几天，人手一少，个人送的快件量就多起来。

昨天，汤永刚送一个快件到华光花园小区，就在大门口遇到了读职校时曾经教他政治课的何老师。

汤永刚明白，作为一名普普通通的快递员，自己肯定不会是老师心目中的骄傲，也无法成为他们日后谈及自己桃李芬芳满天下时候的主角。

四目对视，汤永刚来不及收回自己的目光，脸庞一下子红了，耳根子热乎乎的。如此近距离的相对，汤永刚就没有回避的选择。

汤永刚拿出万千般勇气，抬起头，脸上装作无比从容，不卑不亢叫了声："何老师，您好。"

从两个啤酒瓶底子般厚的镜片后面，一头白发的何老师眯起两只老花眼，上下左右打量着汤永刚。

"哦，你是哪位？"何老师显得很激动，却又喊不出名字。

"我叫汤永刚，2006年毕业的。"

确认了面前这位和自己打招呼的快递员正是当年自己的政治课代表，何老师眼光有些狐疑："哦，哦，汤永刚，嗯，嗯，我还记得你大三那年获得过时政辩论赛的冠军呢。"

汤永刚的嘴角轻轻上扬，好不容易，挤出一个灿烂的微笑。

时隔这么多年，教过成千上万学生的老师，居然还记得他这点不值一提的荣誉。如若老师不提，恐怕连自己都忘了。

相互说了些问候话语，从容地和老师告了别，汤永刚长长舒了一口气，心潮澎湃。

今天中午，汤永刚早班归来，回到网点，匆匆扒了几口午饭，又装了满满一车快件，准备再送一趟。收件人等着的年货，时间上可耽搁不起。

汤永刚刚想出门，突然，胡同口传来一阵稳健的脚步声，由远到近。

还来不及多想，一群人走进了网点，一个高大、伟岸的身影，带着慈祥的笑容，朝汤永刚伸出了宽大的右手。望着这个在电视和网络上经常看到的熟悉又陌生的人，汤永刚把嘴巴拗成了椭圆形，激动得双手握上去，一个劲笨拙地说："您好，您好。"

"春节快到了，我特意过来看看你们，向你们致以新春的问候。"来人问候着围在身边的汤永刚和他的同事们，"你们工作很辛苦，起早贪黑、风雨无阻，越是节假日越忙碌，像勤劳的小蜜蜂，是最辛勤的劳动者，为大家生活带来了便利。感谢你们。"

几句简短而铿锵有力的话，像一泓泓暖流淌进汤永刚和同事们的心窝子，温暖，甜如浸蜜。

汤永刚快拍红了手掌。

他的身影慢慢走远，汤永刚还傻乎乎地站着，掐了掐脸，疼。是真的。

汤永刚抬起右手，用袖角擦了擦情不自禁溢出的泪花。

夜深了，汤永刚烙饼似的不停翻着。

我们是蜜蜂。

有目标的蜜蜂忙着酿蜜给人们送去甜蜜，没目标的蚂蚁只是为自己奔波觅食。

蜜蜂？蚂蚁？

"呵呵"，汤永刚笑出了声。

东方露出第一缕阳光，新的一天拉开了帷幕。

瞅着一点点努力向上爬升的太阳，汤永刚觉得自己浑身有力，像长出了一对翅膀，展翅欲飞。

（本文刊发于《小小说大世界》2020 年第 5 期）

阿娟

年过半百的阿娟来到陌生省城，望着车水马龙的大街，一脸茫然。她没一技之长，也没啥文化。一个星期后，在热心老乡梅香的介绍下，阿娟到了一家大饭店，当了后厨的洗碗工，包吃包住，工钱按月结，阿娟很满足，也很感激梅香。

每天，阿娟穿着塑料雨鞋，出入在湿漉漉的洗碗间里。她干活认真、踏实，舍得下功夫，筷子、碟子、盘子、大碗、中碗都分开洗，一遍一遍地洗，洗到边沿都锃亮锃亮的。阿娟的力气也蛮大的，装满碗碟的沉重筐子，她一提起就走。

最难受的是到了夏季。高温熏烤下，阿娟的汗水从头流到脚，一直流到鞋子里，好像永远也流不完，身上总散发着一股浓重的汗臭味，她不得不喷些劣质的香水或者是抹上清凉油，试图掩盖这些味道。

阿娟一年四季都穿着塑料雨靴，脚上大多长了脚气，两只手长年浸泡在洗洁精和消毒水中，指纹早已消失的无影无踪，也出现了皲裂，手上的皮肤泛出灰黑色的光泽。人也消瘦了不少。

生意忙的时候，老板常常让她们加班加点，却没有任何加班费用。每天早上六点多就得起床，经常到次日凌晨才回来。

对阿娟来说，这份工作辛苦又劳累，工资也不高，全年无休，但这却是她可以养家糊口的饭碗。

为了尽量节省开支，阿娟租住的是郊区的农民房，而且通常是几个人合租的。阿娟和两个老乡梅香、阿美住在不足二十平方米的房间，她平时很节俭，不逛街不游玩，住在出租房里也从不做饭，只是睡觉。除了饭店里免费提供的两顿工作餐，阿娟决不买其他零食吃。在食堂吃饭时，她从来不讲究菜肴的好差，总是满满的两大碗饭吃完，饭量惊人。

饭店里其他的女帮工会在枯燥而单调的干活中，在洗碗间里高声谈笑，彼此开着有些粗俗的玩笑话语。此时的阿娟是忠实的听众，脸上总是笑笑，从不搭话，手上的活也从不落下。

空闲时，女工们常常说起自家在农村房子怎么怎么大，房前屋后的树木如何茂密，池塘如何宽敞，却空着没人住，要挤在鸡窝般的出租房里。每每说到这里，阿娟忍不住偷偷抹眼泪。没人知道她家还等着她挣钱回去盖大房子呢。

女工们把挣来的钱统统攒起来，汇回家去。这些女工大多都有两三个孩子，譬如来自苏北的桂香，孩子已经九岁了。三十七岁的金凤，生育了三个孩子。

有时候，客人们吃剩的菜，撤下来的水果、蛋糕等送入洗碗间时，女工们眉开眼笑，围在一起，品尝着。阿娟有时忙得顾不上尝一口，老乡会把东西硬塞进她的嘴里，她才细细嚼，慢慢回味：城市里的东西就是好吃。

阿娟这些女工很清楚她们自己在省城里的位置，知道自己永远也不会融入这个地方，她们只属于家乡的土地。

在城里打工，最好的免费娱乐方式就是每天中午休息时去西湖边听听戏迷们的越剧，看看湖里的游船，逛逛吴山广场，那里有不用花钱的演出。偶尔掏几块钱买两张彩票，使发财的梦想有了一点寄托。不知不觉，阿娟已经在省城洗了十多年的碗，每天重复着同样枯燥而单调的步骤。她如同机器一般的循环往复，由于长期浸泡冷水，双手长满了冻疮，紫色的一块一块，非常难看。常年累月站立干活，每天一干就是十几个钟头，腰疼，手腕痛，浑身都是这个职业留下的印迹。阿娟默默忍受着，像一头拉磨的驴子，只知埋头干活，从来不喊一声苦。

女工工作在蒸汽和热水环境中，难免会有出错的时候。有一次，梅香被开水烫了大腿，后来起了许多水泡，可是她却不敢说半句话，生怕被辞退，胡乱弄了一些草药敷上，继续工作，结果腿烂得厉害。阿美在洗碗间，脚下一滑，摔掉了大门牙，也不敢声张。因为"工伤"一词，在这些打工者中是不存在的，一切都是免谈，她们也习以为常了。

没想到，阿娟却替她的老乡做了回"出头鸟"，拿着梅香和阿美的伤势照片和医药单据向老板讨要医药费和误工费。腆着大肚子的老板盯着阿娟看了半天，好像不认识阿娟似的，又好像刚刚才认识阿娟。

"您如果不拿医药费，我们去告你。"阿娟镇定地说。

"哈哈，你个乡巴佬，还知道什么法院。"老板高声笑了，"法院的大门朝哪边开，懂吗？"

"不信，咱们法庭见。"阿娟斩钉截铁地说。女工们都惊呆了，尤其是梅香和阿美，感觉阿娟为自己出头，老板一不高兴，大家都要丢了饭碗。

阿娟安慰这些女工："理在我们这里，怕什么？"

终于阿娟替梅香和阿美赢得了官司，拿回了属于自己的赔偿费用。老板也没开除这些女工，毕竟这年头找人也难。老板还改善了女工们的工作环境，补足了加班费。

女工们围着阿娟，想把她抛在空中，庆贺一番，阿娟说别开玩笑，我们只是争取自己应得的利益，没什么。

　　老板自然不知道，当年，阿娟的丈夫给镇上私人老板干泥水工的时候，由于老板安全措施不到位，丈夫一个跟头从八楼摔了下来，送到医院急救，命是保住了，但也瘫痪了，家也一下子垮塌了。为此，阿娟不知付出了多少努力。功夫不负有心人，阿娟终于向老板要回了丈夫下辈子的医疗费和医药费。但是家庭的重担一下子压在阿娟的身上。

　　阿娟无怨无悔照顾丈夫几年后，等孩子长大，懂得照顾父亲了，阿娟就进城打了工，这一打就是二十个年头。

飞驰人生

电影《飞驰人生》里主人公张弛那坚不可摧的梦想令年过花甲的秦轶哭得稀里哗啦。

老秦开的不是赛车，他的青春飞驰在长长铁轨上。

十八岁那年，秦轶站在人生第一个十字路口。得知高考落榜，秦轶说啥也不想复读。"高考这独木桥太难挤了，看来你也不是那块料。"父亲说。恰好父亲工作的邮局要招聘火车押运员，只招高中生。父亲帮秦轶报了名。"这可是最难进的工种，好好准备。"

跟着火车跑全国，边工作边欣赏风景，秦轶想想就开心。通过笔试和面试后，秦轶拿到了录取通知书。

报到那天，人事处老师把秦轶领到押运部门。一个胖师傅带秦轶去了火车站。

按捺住心头激动，秦轶"噌"地钻进火车尾部几节绿皮车厢里，细细打量：车厢中间放着一张长条桌子，两旁是简易高低铺，两端是装载和分拣邮件的，中间仅留有半米宽的走道。

开车前一个半小时，秦轶和师傅们忙碌起来。用拖车拉来一车车邮包，核对点数后驳转到邮件间码放整齐。很少干体力活的秦轶，累得直喘气，手颤抖地不听使唤。

火车开动了。"小伙子，记住，到达终点站前，不能擅自离开。"胖师傅提醒道。

秦轶一组四人，两人一班，轮流交替。一班休息，一班每隔一小时，钻进车厢里，检查邮件。

抵达第一站，秦轶他们和时间赛跑，卸下邮包，装上待发邮包。秦轶还没看清楚到站站牌，火车就急匆匆上了路。

下一站，卸包，装包，上路，循环重复。

中午十二点，秦轶第一次在火车上吃了中饭，餐车上购买的，可能饿了，连吃几碗饭。到了晚上，怎么也吃不下。火车驶进长夜，灯火闪烁。秦轶躺在上铺木板床上，听着铁轨声，合不上眼，起身呆望着窗外，浑身酸胀疼痛。

"累了，想家了？"胖师傅问。

"没呢。"秦轶忙拿起身旁报纸，掩盖那不争气流出的眼泪。

秦轶人生第一次押运以往返三千多公里，历时五十八个小时告终。沿途风景在秦轶脑海里一片空白，当初的新鲜感被枯燥和疲倦代替。

实习结束后，秦轶分在 C 组，路线是杭州至厦门。

今早太阳挂在半空，知了扯着嗓子叫。秦轶扛了几只邮包，汗水湿答答滴下来，汗水像蚯蚓般一条一条爬在秦轶脸上、身上，甩下一条，又冒出无数条。秦轶拿起水杯，咕噜咕噜，大半杯水下肚，用毛巾抹了一下脸和身，继续堆码邮包。

临近中午，车厢内气温超过五十摄氏度。每次装卸邮包，秦轶不留神，胳膊碰到车厢边，一烫一个泡，火辣辣的疼。

快十二点半了，秦轶打开便当，吃了几口，发觉味道不对。夏天车厢特别闷热，便当容易坏。没办法，为了保存体力，秦轶夹掉馊的菜，泡了热开水，就着豆腐乳吃。这趟车，餐车口味是闽南口味，秦轶吃不惯，每次出发前，母亲做好便当让他带上车。

半夜，秦轶热得睡不着，肚子叽里咕噜叫，上了好几趟厕所。

1998年的那次经历，秦轶刻骨铭心。火车软绵绵地趴在铁轨上，一动不动，已经停运四天了——前方遭遇了百年罕见的特大洪水。

秦轶他们吃光携带的食物，餐车上东西也卖完了。车外，叫卖声络绎不绝。无奈，掏了二十元，买回四碗稀饭。前天，附近村民挑着热气腾腾的稀饭赶来。"一元一碗。"乘客们喝到嘴里，暖在心里，夸赞村民淳朴。没想到当晚，涨到两元一碗，昨天早上竟涨到五元。

一些乘客沉不住气，走上公路，想办法找车走了，只有部分乘客，和秦轶他们坚守着……谢天谢地，熬到下午，洪水小了，恢复了通车。

自从秦轶当了押运员，和奶奶见面的次数便少了起来。每次相见，奶奶都会握着秦轶的手，鼓励他好好工作。去年秋天，一向身子硬朗的奶奶突发疾病，念叨着秦轶的小名，离开人世。接到领导调配电话，秦轶在温州站下车，和从杭州出发的同事交接。等秦轶赶到医院，没能见上奶奶最后一面。望着奶奶安详的面容，秦轶控制不住，失声痛哭。

那次下午开会，秦轶没遇到以前的胖师傅。一打听，才知晓他主动要求转到汽车转运岗位。随着干线运输方式改革，邮件运输主力军从火车转为汽车。秦轶这趟火车经过几次提速，以前停靠二十多个站点，现在几小时才停一个站点，人员也精减一半。

今夕何夕，又到除夕，阖家团圆的日子。早已习惯逆行的秦轶，清晰记得在火车上度过头一回除夕夜悄悄抹泪的情形。

当晚七点多，秦轶和同事按惯例检查好邮包，走进列车长特意安排的餐厅。秦轶的父母、妻子、孩子不知从哪冒出来，围坐在一桌丰盛的菜肴和美酒旁，拍着手。原来，今天家人商量好，悄悄买了票，特意到火车上陪秦轶吃顿年夜饭。

这是秦轶最后一次跑火车了，过了年，秦轶要退休了。

　　杭州也将告别了火车邮路的时代。

　　告别那天，秦轶和同事们来到邮政车厢前，拍下了几十年来的第一张集体照，留作纪念。

　　"我们从来没有聚在一起过，总有人在出发或归来的火车上。"秦轶说。

　　"把你的全部奉献给你所热爱的一切。"秦轶回味着电影里的台词，热泪盈眶。

　　（本文刊发于《三江都市报》2022 年 8 月 12 日）

"针灸王" 阿贵

乡村婚宴热闹进行中，一位八十多岁老爷子从座椅上悄然滑落，栽倒在地，引起混乱。

一个身影"嗖"地站起，跑到老爷子身边，抬起头，一瞧，老爷子嘴唇发紫，口吐白沫。

"急性脑中风。"征得家属同意后，他从衣服内袋摸出一只黑色布包，取出一枚银针，让人扶着老爷子头部，找准穴位，稳稳扎入，瞬间，乌黑血水一滴滴流出……几分钟后，老爷子苏醒过来，由随后赶到的急救车送进医院。

"若不是您及时出手，老爷子差点没命啰。"接诊医生对施针人说。

家属们向施针人不停鞠躬道谢。

"针灸王阿贵。"有人认出，叫了起来。阿贵大夫点头微笑，示意继续就餐，当啥事没发生过。

提起阿贵大夫，他本身就是一个传奇。

阿贵童年时和其他小孩没啥差别，不知道什么原因，后来停止了生长。高中毕业时，他的身高停留在一米二左右，好似八九岁孩童一般高。

高考落榜后，人矮，力小，干不了农活的阿贵，以后咋办？

阿贵的大伯刚从县医院退休，他医术高明，擅长针灸。

阿贵决心向大伯学习针灸。

"阿贵，想好没？"大伯正色问道，"学中医，特别是针灸，要吃得起苦。"

"啥苦我都吃得了。"阿贵俯身一跪，磕头，算正式拜了师。

大伯给了阿贵些古书。阿贵一字一句通宵啃起《本草纲目》《金匮要略》等书来。阿贵常常上山，采摘草药，慢慢知晓了好多中草药基本功效。

在阿贵眼里，草药很神奇，尤其艾叶，"艾以叶入药，性温、味苦，具有回阳、理气血、逐湿寒、止血安胎等功效"。阿贵记得滚瓜烂熟。三年的艾叶，揉成艾绒，串入银针，找准穴位，点燃艾绒烘烤，可医治很多病。

于是阿贵拿自己身体试验，一根根串着艾条，冒着火星子的银针刺进肌肤，也深深刺进阿贵心头，火辣辣地疼。已经记不清在身上扎了多少针，阿贵硬是咬牙坚持了好些年。一次，他娘无意间看到儿子身上密密麻麻的针眼，老泪纵横："算了吧，儿啊，这太遭罪了。"

阿贵笑着摇摇头，安慰母亲："让我再试试。您瞧，我身上扎的这幅地图还没扎全哩。"

看似不兴一丝波澜的日复一日，在不经意的某天，让大家看到了坚持的意义。奇迹出现了，早已成年的阿贵通过多年艾灸治疗，逐渐长高，长到了一米六，虽说个头算不高，但成效令人惊叹。被中医，特别是针灸功效折服的阿贵，不惑之年考上行医资格证，开了家诊所。对上门求医的乡亲们，阿贵耐心仔细。

人体穴位数不胜数，仅正经穴位就有近千个，经外奇穴又是正经穴位的几倍。阿贵不厌其烦，一个穴位一个穴位推敲过去，遇到疑难杂症，通宵查阅资料，反复试验。

确诊病情后，阿贵开出药方，对症施针。

医治前，阿贵用自制独特药液浸泡银针，足足泡上二十四小时。每次给病人治疗时，阿贵常常手持艾灸，两眼饱受烟熏之苦，患者过意不去，阿贵笑了笑："没啥关系，只要能治好您，值。"

每天慕名而来的病人很多，阿贵要施的针达两三百枚，一天下来，累得直不起腰。凭借精湛医术，阿贵让一个又一个患者痊愈。平时外出，阿贵也养成随身带针习惯，以备急需。阿贵被乡亲们称为"针灸王"。

镇上有位高医生，中医世家之后，医术高明，但此人善妒。

有一天，有位病人被家人抬着前来求医。高医生检查后惊呼：“哎呀，水蛭早已钻进你左腿的动脉血管，逆流而上，明日过膝盖，只有锯下你的左腿才能保你命。”

病人一听要锯腿，慌了：“高大夫，没其他法子？”

“对，你的情况太危急。”高医生催促，“晚了就没救了。”

病人让家人抬起，夺门而去。高医生连连摇头。

过了半个月，高医生到镇上办事，却见那人在街边卖菜，左腿好端端的。“谁治好的？”高医生问。

“邻村的阿贵大夫。”

“他一个乡村草头医生怎能看好？”疑惑和不屑写满高医生脸上。

那人撇了撇嘴，从鼻孔里“哼”了一声：“你自己去问吧。”

为了弄清原委，高医生来找阿贵大夫。

“呵呵，高医生，不值一提，土方而已。”问明来意的阿贵大夫说，“那日，我看了病人后，情况的确危急，按理，锯断左腿是保命法子，但咱做医生的，要多为病人着想。”

“我马上用粗绳捆住病人小腿，把他反吊在房梁上，点燃艾条，烘烤腿，用针灸猛地扎进去。血管里的水蛭怕热，烘烤后便反向而行，针灸一刺，全都从伤口处钻了出来。"

高医生睁大双眼，水蛭入血管，还能这么治。服了。

"高大夫您医术高明，只是一时没想到罢了。"阿贵大夫拱手说。

高医生忙还礼。

此后，两人不断切磋医术，医治好了不少疑难杂症，造福一方百姓。

（此文刊发于《阳光》2023 年第 11 期）

根雕师老韩

　　木匠出身的老韩，年轻时去了南方大城市，在建筑队做木工谋生。日复一日的单调工作难免有些枯燥无聊。有一次，老韩偶然参观了一场根雕展，被各式各样、栩栩如生的根雕吸引住了，一下子看迷了眼，缠着根雕主人们问个不停。

　　根雕主人们告诉老韩，根雕其实就是掘取樟树、柳树、榆树、银杏等树根或树桩，利用它们天然形成的弯曲、结疤、纹痕、沟槽、凹凸、漏透等不同特点，经过火刺、打磨、雕刻、喷漆等一道道工序后雕刻而成。

　　历代许多文人墨客，喜欢用根雕制成的笔架、镇尺、砚座，摆在案头，显得端庄文雅。大户人家，把树根工艺品放在厅堂内当摆设，彰显富贵豪气。

　　听完介绍，老韩心头直痒痒，这可谓"化腐朽为神奇"的艺术。老韩干活之余，四处留意哪里有树根，捡回来或是买过来，凭借木匠功底，无师自通学起根雕来。

　　在外漂泊多时，花甲之年，老韩回到家乡，在小镇开了一间"根缘"馆，售卖根雕。

老韩会刻飞禽、走兽、人物、神像，等等。不知是老韩的手艺不够精湛，还是小镇不比大城市，识货的客人少，老韩的生意不咸不淡，勉强过活。

"朽木可雕也。"曾经，老韩在一本书里看到过这句名言，笃定自己将根雕刻下去的信心。

话说老韩有个从小一起长大的发小叫老崔，两人交情甚好。老崔会篆刻。自老韩回乡后，两人时常相聚，把酒言欢。

一日，老崔来到"根缘"馆，看见老韩在忙，便戴上挂在胸前的老花圆眼镜，低下头，细细欣赏起几座摆放在工作台上，尚未完工的根雕。

忽然，老崔拿起一把刻刀，坐下，拿过几座根雕，在底部刻起来。

"莫道前方无知己，落花时节又逢君。"

"千金散尽还复来，天生我材必有用。"

"但愿人长久，千里共婵娟。"

"蓦然回首，那人却在灯火阑珊处。"

……

片刻，一行行唐诗宋词显于其上，或豪迈，或婉约，或阴文，或阳文，刀法精妙，字体苍劲。有了诗词点缀，这些根雕骤然高雅多了。

令老韩想不到的是，顾客进门专挑选老崔刻过的几座根雕，掏钱买走，也不还价，很爽快。

那次顾客询问还有没有这种刻过诗词的根雕时，老韩轻轻摇头，嘴角微微蠕动，想说什么，迟迟没说出口。

那一日，老崔再次来到"根缘"馆，随手拿起刀要刻。老韩瞧见了，一把握住老崔右手臂，刻刀便停在半空。

老韩伸手小心拿回根雕，脸一红，忙不迭地说："老崔啊，使不得，使不得。"

老崔一头雾水，问："老韩，你这是为何？"

"经你一刻字，我的根雕畅销了，价格也高多了。"

"那是好事，好事呐。"老崔点着头，笑眯眯地说。

"我几次给你酬劳，你都不收。"

老崔两手一摆："都是朋友，讲钱就见外了。"

"但，但……"老韩摇摇头，面露愧色，"我只想靠自己手艺，而非你的刻字售卖根雕，这实在有'狐假虎威'之嫌。"

老崔一听，乐了，他朝老韩竖起大拇指："行，行，那我不刻了。"

老韩拱手送走老崔后，拿起一座树根，端详许久，若有所思……

日子像小鸟般扑棱棱飞过，十年光阴，一晃而过。

已是古稀之年的老韩，出资举办了一场盛大的根雕展览会，供小镇居民们免费参观。

参观者边欣赏边夸赞，对老韩说的最多的一句话是："韩老，您了不起啊，雕什么像什么，每件作品活灵活现，栩栩如生，绝了。"

摸着稀疏像银丝般有光泽的胡须，老韩淡淡一笑，缓缓地说道："其实并不是我雕什么像什么，而是树根像什么，我雕什么。树根像猴，我雕成猴；像虎，我雕成虎；我只是顺势而为。"

参观者露出疑惑眼神。

老韩"呵呵"一笑，解释说："以前我不顾根雕原貌，率性而为，想怎么雕就怎么雕，雕出的作品生硬呆板，缺少神韵。这些年，我边刻边悟，如今总算悟出个理来咧。"

听罢，参观者纷纷鼓掌叫好。

展览结束后，老韩将毕生雕刻的作品捐献给了文化馆。

老韩摘下文化部门授予的"根雕大师"牌匾，收起工具箱，关闭"根缘馆"，准备安享晚年了。

（此文刊发于《钱瓯遂昌》2023年4月18日、《乡镇论坛》2023年7月上期）

"迷途知返"的少年盛鸿

　　盛鸿，字蕉亭，庆善里人（今富阳上官乡大盛村人）。嘉庆二十三年，戊寅年出生在一户平民家中。

　　自古以来，上官就是浙江有名的"毛竹之乡"。连绵起伏的黄泥山上，万亩竹海一眼望不到边际。一阵阵风吹过，掀起层层绿浪。

　　村民们依竹而居，靠山吃山，家家户户都用毛竹做原材料，造元书纸售卖。盛鸿的祖父名叫盛昌松，是一个老实本分的农民，家里也靠做竹纸为生。盛昌松娶了同村的王氏为妻，十多年来，王氏一直未能生育。在"不孝有三，无后为大"思想的影响下，妻子王氏支持丈夫又娶了隔壁村的罗氏为妻，生下儿子盛宗耀。王氏视宗耀为己出，待他很好，也和罗氏相处如姐妹般融洽。盛宗耀读过几年私塾，要不是父亲上山砍毛竹时摔断一条腿，盛宗耀坚持辞学回家，帮父亲开了造纸作坊，辛勤劳作。

　　盛宗耀成年后娶常绿的李氏为妻，生下三个儿子，分别是显亭、赞亭、蕉亭。

　　全家七口人日子过得紧巴巴的，但全家的大人都很有远见，宁愿自己省吃俭用，也要把三个小孩子培养成才，陆续把他们送到村里的私塾上了学。

显亭和赞亭两兄弟性格淳朴，懂事比较早，读书也很勤奋用功，一放学回来就帮祖父、父亲干活。相比之下，蕉亭年龄小，脑子灵活，但天性调皮，爱贪玩。显亭和赞亭经常教导弟弟要认真学习。"哦，哦。"蕉亭嘴上答应得很好，但总因贪玩误事，老是被教书先生责骂。

有一回，上学路上，蕉亭和几个小伙伴捡了几根毛竹竿，"噼噼啪啪"，学起古代大侠们"对打"起来，结果气喘吁吁赶到学堂，迟到了半个时辰。蕉亭被教书先生罚了站，放学后又罚背《诗经》。

蕉亭歪着小脑袋，支支吾吾，勉强背了几段，两只手心早被先生用戒尺打得血红。

年幼的蕉亭哪里受得了这般苦，放学后，气呼呼地对父亲说明天不想读书了，要去家里的造纸作坊帮忙。

"好，那我问你几个问题，通过了你就不去上学。"父亲微笑着说。

"好，好。"蕉亭忙点头。

父亲问："每天早上，你准备几点起床？"

"六点半。"蕉亭说。

"太晚了。去了纸坊要三点半起床，这样才能赶上活。你能接受吗？"

"只要您给我开工钱，我接受。"蕉亭的口气还很犟。

"不错，能吃苦。我再问，你学堂里吃饭准时吗？"

"准时。"

"我那里不行。你得早上干完活才能吃早饭，上午纸做完才能吃中饭，晚上也没个准点。"

"这……"蕉亭低着头，心里盘算着。

"你晚上睡哪儿？"父亲的问题还没完。

蕉亭扑哧一笑："肯定是床上啰！不然睡哪儿？"

"来了后你得睡在作坊搭的草席上。"父亲停了停，说，"以防有事，好有准备。"

蕉亭去过作坊，看到里面堆了很多毛竹料，还有一股浓浓的臭气味。蕉亭上前，摸了摸父亲那双像老树皮一样粗糙的手。这时，父亲一脸严肃地告诉蕉亭，可千万别小瞧了毛竹，它素面朝天，简约淳朴，象征着骨气和君子，有着刚正不阿、坚持自我的意义。

蕉亭似懂非懂地点点头："那，那等我再考虑考虑哦。"蕉亭拿起书包，就朝学堂跑去。此刻，蕉亭突然觉得上学是多么美妙的一件事。

"嘿嘿。"父亲望着儿子远去的背影笑了。

晚上，母亲李氏对小蕉亭说："爱玩耍是小孩子的天性，不能抹杀。但学习更是你们小孩子的天职，知道吗？"母亲的话像铭刻在蕉亭的心尖上一样，他牢牢记住，从此以后发奋读书。天不亮，蕉亭就起床背书，夜深了也在看书，再也不贪玩，不迟到，非常用功好学。

几年后，蕉亭以第一名的优异成绩考取了乡里的庆善学堂。

那时祖父的腿瘸得下不了床，父亲一个人在作坊忙得背都驼了，头发也花白了，供三个儿子读书压力过重了。同样考取庆善学堂的大哥显亭和二哥赞亭看在眼里，心疼父亲，商量后决心回来帮父亲打理作坊，一起供弟弟蕉亭上学。

全家怎么劝说也挽回不了两位哥哥的决定，蕉亭非常感动。临行去乡里学堂前，蕉亭给家人们一一磕了头，他含着热泪说："蕉亭定当发奋学习，以报家人之恩。"

正所谓："浪子回头金不换。"迷途知返的盛鸿更加刻苦学习，咸丰二年，三十四岁的盛鸿在乡试中考中举人。他先后在直隶肥乡、西宁、灵寿等七个县连任知县近二十年，任职期间，他勤政爱民，清正廉洁，惩恶扬善，多行善政。他的"亲民赈灾""束面拜寿"事迹广为流传，被誉为"直隶第一清官"。

盛鸿有如此成就，与家人们的言传身教和谆谆教诲是密不可分的。如今上官乡一直以盛鸿为榜样，教育儿孙，传承盛鸿清正廉洁的家风。

（此文收录于西泠印社出版社《清官盛鸿》一书）

酒魂

钱坤初遇野田一郎是在日本的东京大学校园里。

一九二三年，怀揣着一腔报国热忱，二十岁的富春青年才俊钱坤东渡日本留学。远在异国他乡，在这群并不友善的同学中，在一次课外游泳活动中，钱坤从波涛汹涌的江水中舍命救起了野田。从此野田一郎对钱坤心存感激。

野田个子高高瘦瘦，文质彬彬，精通汉语，尤其热爱中国古代诗词歌赋。每逢周末假日，野田会盛情邀请钱坤去酒馆喝酒。两个年轻人席地而坐，叫上几瓶清酒，倒上两杯，你一言，我一句，吟诗作乐，逍遥快活。

野田举起酒杯，用流利的中文说："举杯邀明月，对影成三人。"

"哈，野田君，今晚没明月，就我们俩，成不了三人哟。"

"开轩面场圃，把酒话桑麻。"钱坤扬头，一杯清酒落肚。

野田抢着倒满酒："莫笑农家腊酒浑，丰年留客足鸡豚。"

"野田君，哪来鸡肉猪肉？"钱坤指了指几碟小菜，哈哈大笑，"今日听君歌一曲，暂凭杯酒长精神。"

野田红着脸，摇头晃脑，唱起日本乡间小调民歌，钱坤也跟着高声哼唱起来。

"白日放歌须纵酒，青春作伴好还乡。"野田拍了拍钱坤的肩膀。

钱坤低头想起了故乡，那个正值军阀混战、民不聊生的祖国呦……眼眶立刻湿润了，一口闷了酒。

"但使主人能醉客，不知何处是他乡。"喝多了的钱坤搂着野田，笑了，又哭。

转眼，毕业回国那晚，两人彻夜吟诗，痛快喝酒，酩酊大醉。

"我的家乡也有好酒，欢迎野田君光临品尝。"

两个年轻人就拉钩约定。

钱坤和野田再次相遇是一九四〇年。

国难当头，钱坤毅然辞去国立大学教务长一职返回家乡富春，秘密加入了共产党，利用酒坊主身份做掩护，他一边酿酒，一边从事着抗日活动。

那日，钱坤刚掩护几名受伤的游击队员离开后回到酒坊，就被一伙鬼子团团围住。

钱坤擦着酒瓶，一副若无其事的样子。"钱坤君是你吗？"熟悉的声音让钱坤猛地抬头。站在他面前这个戴着一副金丝眼镜，留着一撮小胡子，穿着日本军装，别着一把腰刀的鬼子头子，竟然是野田一郎！

十多年过去了，野田依然高高瘦瘦，文质彬彬，只是藏在眼镜后的两眼闪烁着狡黠的寒光。

"大丈夫行不改名坐不改姓，我是钱坤。"钱坤淡淡一笑，"你，野田？"

"难得钱坤君还记得我。"野田得意地点着头。

钱坤面不改色地站立着，并没有理会这些鬼子，他指着一面面太阳旗道："拿走，看着怪刺眼的。"

"哦，我想钱坤君不会不识时务的。"野田讨了个没趣，"钱坤君如肯帮我们大日本帝国带路剿共，我保你下辈子的荣华富贵。"

"哈哈，荣华富贵，这辈子恐怕我享用不起。"钱坤蹲下身，从柜子里拿出一坛酒，打开盖，酒香四溢。"咱们同学一场，曾经相约，今日你来了，我不食言。"说罢，钱坤拿出两只碗，倒满酒，那酒质地清澄，酒色醇明白润，"尝尝我酿的土烧酒。"

野田两眼放光，伸手去拿碗，后面的汉奸连忙提醒："太君，小心有毒。"

钱坤斜着眼，"哼"一声，拿起碗，仰头，咕咚一口气，喝了。

野田见状，也干了酒，一抹嘴角，伸出大拇指："好酒，好酒！"

"醉卧沙场君莫笑，古来征战几人回！" 钱坤突然高声吟起诗来，那慷慨激昂的声音震得野田一愣一愣的。

"忘了咱俩喝酒习惯啦？" 钱坤微微一笑，续上两碗酒，递给野田，"醉杀群胡不知夜，鹃儿岭下月如霜。"野田明白这诗的含义，铁青着脸，喝下酒。

"拼将十万头颅血，须把乾坤力挽回。"喝完第三碗酒，"啪啪啪"，钱坤用力砸碎了碗。"野田，你听着，喝了这断交酒，咱俩不再是朋友了！"

"钱坤君，你，你？"野田瞪着钱坤，问。

"你的国家侵略了我的国家，到处烧杀抢掠，无恶不作。这血海深仇远远大于我俩的友情。"

"钱坤君，念在当年你的救命大恩，我大可饶过你。"野田突然面露凶相，"只要你说出八路的下落。"

"哦，是吗？"钱坤"呵呵"笑起来，朝鬼子们招招手，"来来，我告诉你们。"鬼子们慢慢靠近，钱坤以迅雷不及掩耳之势点燃了藏好的炸药包……瞬间，火光四起，鬼子们炸得粉身碎骨。

瞪着鱼泡眼的野田至死也不会明白：钱坤酿的土烧酒原料来自秀美温柔的江南，入口绵柔，酒性却刚烈，正似以钱坤为代表的千万优秀中华儿女的"劲烈如刀"的爱国英雄气节。

我被历史推上了舞台

我被推上了历史舞台，全因两次与至亲的生死离别。

我爹年轻的时候就胆识过人。十七岁，我爹随他父亲乘船去钱塘，行到中途，发现一伙强盗在岸上分赃，其他商船都不敢向前。我爹提刀上岸，强盗们见状，心慌，丢下财物逃奔。我爹一路追赶，杀死一个强盗，名声远震，随后被钱塘知府任命为代理尉官。后来，因为我爹战功显赫，先任江浙盱眙县县丞，再升任长沙太守。

我爹三十五岁时，朝廷董卓乱政，横行于京城。在袁绍的号召下，各路兵马兴兵讨伐。我爹也起兵积极响应，挺进中原，风尘仆仆来到鲁阳，拜见了袁绍的弟弟袁术，袁术大喜，上表举荐我爹为破虏将军。

那次，袁术派我爹攻打据守荆州的刘表。刘表利用黑夜派大将黄祖偷袭我爹，我爹事先早有准备，从容应战，黄祖败走。我爹单骑追到林木茂密的岘岥山上，被埋伏的黄祖部下乱箭射死，终年才三十七岁啊。

临终前，我爹双眼紧盯着我们年幼五兄妹，那时大哥十七岁，我才十岁，迟迟不肯闭眼……"爹，我会照顾好他们的。"爹这才咽下最后一口气。大哥含泪把我爹的双眼合拢，摸摸我们一个个小脑袋："放心，有哥在，什么事都别怕！"这可是后世所谓的——不能拼爹之时，只能自己去拼命了。

大哥将我们一家老小安置在江都，自己又去投奔袁术。袁术见了一表人才的大哥，便把我爹留下的旧部一千多人交给大哥指挥。随后大哥南下，攻占会稽，太守王郎兵败投降。又过了四年，袁术兵败病死，他的部下却投奔了庐江太守刘勋于皖城。大哥当机立断，率兵奔袭皖城，赶走刘勋，袁术的部下三万多人尽归顺了大哥。大哥进军豫章，太守华歆不战而降。在这前后一段期间内，大哥削平丹阳和吴郡的割据势力，占据了扬州的会稽、吴、丹阳、庐江、豫章、庐陵六郡，大体上统一了江东地区。

大哥攻下吴郡时，绞杀了吴郡太守许贡。许贡有三个家客逃散在外，决心伺机为主人报仇。初夏的一天，大哥带兵在丹徒山打猎，许贡的门客事先埋伏，将大哥刺成重伤。回营疗伤一个月，大哥不治身亡，这一年他才二十六岁。临终前，大哥紧紧握着我的双手，久久不愿撒开。

大哥是我的天，现在天塌下来了，该由我这个二哥顶上去了。年仅十八岁的我继承了父兄的江东大业。

曹操表我为讨虏将军，领会稽太守。在周瑜、鲁肃几位大都督得力协助下，我先后两次出兵镇抚山越，先稳定了江东六郡局势，又亲率大军亲征黄祖，夺得江陵，嫁妹妹孙尚香于刘备，孙刘联合，击败了曹操百万大军，取得了著名的赤壁之战胜利。

夺回荆州，斩杀关羽后，妹夫刘备为报义弟之仇，不顾亲戚的情谊，亲率大军来伐吴。我力排众议，任命年轻才俊陆逊为大都督率军迎战，我又向魏文帝曹丕称臣，避免两面受敌。次年三月，陆逊不负众望，大破蜀军，刘备惨败，白帝城托孤诸葛亮后去世。

229年，我终于完成我爹和大哥梦寐以求的大业，建国称帝。我追谥我爹为"武烈皇帝"，但仅仅追封大哥为"长沙恒王"。其中原因很复杂，大哥啊，您在天之灵，原谅小弟吧……

世人皆曰：我大哥在，无三国。我常常在想，若我爹称帝，我只是个安逸的二皇子。大哥称帝，我也仅仅是无足轻重的皇弟，而后变皇叔。没有他俩的英年早逝，我走不上历史的舞台。

既然老天爷偏要让我做那段历史舞台的主角，我宁愿做错，也不愿错过。"欲戴皇冠，必承其重。"后世之言，我觉得言之有理。

在我统治江东达五十多年的时间内，我重视农业生产，扩大屯田面积；注重兴修水利，大力发展造船业。230年，我还遣将军卫温、诸葛直将甲土万人，达夷州，第一次书写了大陆与台湾岛交往的历史。

这些政策大大促进了吴国的社会经济发展，提高了综合国力，百姓安居乐业。虽然后世子孙无能，相互杀戮，使得吴国最终灭亡。我想即使我爹、大哥统治江东，也就如此这般成就吧。

自己的双手撑起来的天空，才最晴朗。功过自然让你们后人评论吧。

我就是孙权，史上唯一谥号为"大"的皇帝，也是曹操口中"生子当如孙仲谋"的孙仲谋。

见证

陈楠进入县邮电局，是个刚满二十岁的毛头小伙子。

他初中毕业，没考上高中，一直在家务农。得知县邮电局招聘邮递员，报了名，考核后被录取了。

那时邮递员挺吃香，骑着凤凰牌大自行车，很拉风，就像现在开宝马、奔驰一样。老百姓一见到邮递员来，立马会围上去，问问有没有信件或是汇款单，还热情邀请到家去喝口茶，歇歇脚。

读书不行，也没一技之长，有这份稳定工作不错了，陈楠很满足。

实习结束后，得知自己分配到郊区的三桥村区域，陈楠隐隐有些不乐意。那村太偏僻，路小狭窄，碎石烂泥，坑坑洼洼，凹凸不平。陈楠骑上自行车，摇摇晃晃，心里"咯噔咯噔"作响。"晴天一身灰，雨天一身泥。""就当是锻炼车技吧。"陈楠自嘲。

当时陈楠送的以电报为主，还有私人的信件。电报价格不便宜，以字数计算，每字七分钱，十字起算，发一封电报至少要七毛，除非紧急情况，一般人舍不得发电报，因此陈楠送电报也格外小心。

　　一个大雪天，陈楠照样骑着自行车歪歪扭扭前往劳教所送电报。劳教所在三桥最里边的一个小山坡上，从山脚到所里要走一段高高的阶梯。雪下得太大，陈楠没法把自行车推上去，其他信件又不能离身，陈楠就把自行车扛在肩上，和信件一起背上去。谁知有压断的电线掉在台阶上，他被电线绊倒，重重摔下台阶，倒在地上，痛得起不来，自行车两脚朝天，信件洒满地。千万不能弄湿信件，陈楠想着，忍痛挪动身体，用僵硬的手把一封封信捡起来，塞进包里。雪落满陈楠的衣裤，冰冷彻骨，他顾不上抖落……直到劳教所工作人员出来，看到雪人一般的他，两个人搀扶着他起来。年轻的陈楠委屈得想哭。

　　这些年里，陈楠不知摔过多少次，每次鼻青脸肿的。后来他车技日见娴熟，"叮铃铃"一长串铃铛声打得很溜很响。

　　改革春风吹进村，一些村民靠开办石棉瓦厂和铝合金厂发家致富，开始捐资修路造桥，路面变得宽敞平坦。陈楠骑着感觉很舒服。

　　随着 BB 机与固定电话兴起，信件量有所减少。邮电分离后，陈楠投递的主要物件从电报变成了报纸。村民们生活条件好了，抽空看看报纸，了解国家和世界大事，聊聊健康养生信息。

县邮电局推出了特快专递 EMS，陈楠的邮包里多了一些 EMS 信件，大都是村民们生意上往来的发票账单之类的文件。

而立之年的陈楠一边工作一边读夜校，拿到了大专文凭，也成了家，十多年投递邮件无一差错，任劳任怨，表现不错，他光荣加入了共产党。

令陈楠想不到的是，原先较为偏僻，与外界联系不多的三桥拔山自然村，自 2006 年举办首届茶文化节后，效果很好，村里就建起了拔山高峰茶叶市场。以前一封封薄薄的信件变成了一个个包装精致的茶叶罐。快递量骤然增加，公司给陈楠多次更新装备。告别骑了多年的自行车，陈楠先考出摩托车驾照，骑上两千多元的捷达摩托车，后来是一万元的本田摩托车。接着又考出汽车驾照，现在开着长安面包车，每天来回取送两趟邮件。下午那趟到拔山村取快递时，基本是晚上七八点。但陈楠心情是舒坦的，村里柏油大道宽敞平整，两边路灯齐刷刷地亮着。当载着满满一车快递回去时，看到村里的妇女们在中心广场上跳着广场舞，老人们在种满花草的游步道上散步，陈楠虽然觉得很辛苦，但感觉付出还是值得的，不由得会心笑了……

之后，村里陆续开发建设了高教园区，吸引了几所大专院校的入驻，一下子聚集了几万大学生。在高教园区的辐射下，村里利用安置性留置房，建设了写字楼，吸引不少人在大学城周围创业。他们的网购能力很强，每天产生的快递能有三四百件。

　　负责的区块面积没多大变化，但服务的单位与人数激增，陈楠一个人根本来不及投送。在他的建议下，公司成立了三桥经营部，年近花甲的陈楠，既是负责人又是邮递员，带领一群年轻小伙，干劲十足。

　　多年来，三桥村角角落落的巨大蜕变，已经退休的陈楠闭着眼睛，也能画出来。他见证的其实并非奇迹，而是共产党带领老百姓建成的小康社会幸福生活。

沈爷与螺

"清明螺，赛肥鹅。"此话不假，那时的螺蛳没产籽，肉质肥厚饱满，成为江南人春日餐桌上必不可少的一道美食，受到各家饭店热力追捧。

临近清明，一大早，餐馆老板抢着向小沙村微信群里预订螺蛳，你五十斤，我一百斤……"嘀嘀"声响个不停。

富春江畔的小沙村村民纷纷出动耙螺蛳。两人一船，分工明确，配合默契。小船是耙螺蛳作业平台，后艄耙螺蛳，中舱拣螺蛳。小船也是交通运送工具，后艄划船并掌握方向，前艄扳桨，一划一桨，小船便前行了。

百来条小船穿梭在江上，场面热闹。

耙螺蛳，小沙村祖辈传下来的一项谋生手段。

在那个家家户户吃不上饱饭的年代，小沙村民忙时种田地，闲时出门耙螺蛳。耙上来的螺蛳，村民们宝贝着。回家后，用铁钳剪去屁股，次日拿到村口市场售卖。卖了好价钱，割块肉，买点咸鲞、油、酒、烟、盐，改善生活。也有村民挑着盛满螺蛳的木桶，去外村换些粮食、萝卜、番薯，以备饥荒之需。还有村民挑出个头略小，品相略差的螺蛳，大批量卖给养鸭专业户，喂食母鸭。

沈爷，老一辈里的耙螺蛳行家。如今年过七旬，留着板寸头，须发花白，常挂一脸笑容，精神着呢。

老伴过世早，沈爷一个人靠种庄稼，耙螺蛳，拉扯儿子长大成人。

每到耙螺蛳时节，凌晨三点多，天似锅底般墨黑，沈爷便穿衣起床，带上热乎饭菜盒和一大杯茶水，借着点点星光，划着桨，独人独船，沿着江面缓缓上行。划至偏远处，沈爷停下，把木船稳当停在水草杂生的江面上。沈爷岔开双腿，站在船头，左手握着一杆长篓，右手顺起一杆铁耙。"扑通"一声，下耙，用力一转，随即挖起一团污泥，划出水面，"啪嗒"一声，把污泥倒入篓里，沈爷来回抖动，"滴答"出水后将篓倒扣在木桶里。待两只木桶装得满满，沈爷划桨返回。此时，东方才露出一丝鱼肚白。

到家后，沈爷把木桶倒进水盆，拿竹筛细筛几遍，藏在泥里的螺蛳立马现身。沈爷耙的螺蛳，颗颗硕大，壳薄肉多，吃着嚼劲足，店家抢着要货。可沈爷专供儿子餐馆。沈爷的儿子回乡创业，开了家"江上鲜"餐馆，酱爆螺蛳是招牌菜。

沈爷一早送来螺蛳，厨师往水里滴几滴菜油，螺蛳"呼哧呼哧"吐泥。吐完泥的螺蛳,用井水洗净。烧时,先焯水,放入生姜、小葱、大蒜、辣椒、鲜紫苏叶,爆出香味,再放螺蛳,翻炒,加酱料,加水,几分钟后出锅,香气四溢。

沈爷给儿子餐馆立下规矩:他只在清明前后供应螺蛳,其他时间段,不准用螺蛳做菜。一旦发现,永不供货。

沈爷,另一个身份是螺蛳们的"守护神"。

螺蛳全年能耙,村里很早立下不成文的规定,每到螺蛳撒籽季节,任何人不能去耙,要让螺蛳"休养生息"。沈爷自告奋勇戴上红袖章,划着船,在江面上日夜巡逻。曾有几个不老实的村民,偷耙螺蛳,被沈爷发现,几杆子捅入江中,冻得浑身发抖,直讨饶。站在船头如门神般威武的沈爷,摸着胡须,哈哈大笑。

有一天夜里,下起暴雨,沈爷不放心,又到江上巡逻。远处出现一只底拖网船,沈爷明白那是偷盗螺蛳团伙。用底拖网抓螺蛳,大小通吃,拖过必无生机。"这些断子绝孙的家伙。"沈爷吐了口唾液,用喇叭警告他们离开。那伙人仗着人多,根本不理会沈爷。

沈爷偷偷报警后,为拖住他们,沈爷使出浑身力气,舞动船桨,"嗖"的一声,小船像一支离弦利箭冲向拖网船。"嘭嘭嘭"几声巨响,两船撞在一起,呈十字状卡住,几人动弹不得。水上派出所民警及时赶到，血流不止的沈爷含笑闭上双眼……

为了不起眼的螺蛳，沈爷搭上了命，村民们直摇头说不值得。经专家解释，恍然大悟：螺蛳能净化水质，降解污染，维护生态平衡。无节制地捕捞会破坏生态环境，贻害子孙后代。

从那以后，村民们自发组成一支环保护卫队，除清明时期外，像沈爷一样日夜轮流守护江面。

村民们在沈爷墓碑上用螺蛳壳嵌了一个心形圆圈，围绕着沈爷那张笑脸。

（此文刊发于《钱塘新区报》2023年6月5日、《乡镇论坛》2024年1月上期、《民间故事选刊》2023年10月下半月期转载）

用文学温暖人生（后记）

孙丹

我出生在富春江边，成长于富阳镇上，曾在杭城求学工作十年。性格内向，喜静，自幼便喜欢上了看书，看多了，看久了，自然而然爱上写作。

1995年读初三时，在当时的郁达夫中学语文老师孙柏青悉心指导下，第一篇散文作品《古井 水泵 自来水》荣幸地刊发在《全国中学优秀作文选》上。由于是珍贵的"处女作"，所以刊物保存至今，即使封面掉落，内页泛黄。高中到大学期间，忙于学业，零星写了一些小品文和采访稿，发表在《富阳报》和学校校报上，产量不多，质量不高。2002年8月，大学毕业后，平时除了写一些单位通讯报道，闲暇之余偶尔写些文章以排解独在省城的寂寞。

2007年根据自己真实相亲经历断断续续写了一部中篇网络小说，用网名"酷帅猪哥靓"上传至小说阅读网上，不承想获得了该网举办的"05之冬"网络文学大赛中篇小说二等奖，这极大增强了我创作的自信心。但总体来说，那时文学成绩不够亮眼，也迷茫于创作方向。

时光飞逝，转眼到了不惑之年，自觉前半生虚度不少光阴，毫无成就感。特别在罹患重疾痊愈后，心中重新燃起创作激情——我想用文字照亮前进的方向，用文学温暖人生。

郑州，乃至河南是小小说风行的圣地，我就专攻微型小说创作。2017 年 9 月 15 日，我报名参加了郑州小小说传媒辅导班。后来陆续在几个培训班学习、提高，其间，洛阳小小说名家刘建超老师指导了两年半时间，对我的创作影响很大，很荣幸邀请他作序，在此由衷感谢！

我并不是偷懒，想少写点文字。其实字数越少，小说越难写，主题要突出，人物形象要鲜活，构思要巧妙，创作难度不亚于中短篇小说。之所以选择微型小说创作，理由有二。

首先，微型小说文体短小精粹，贴近现实社会，通过描写日常生活普通人物的那些富有意味的"小"，以小喻大，微中见情，展现芸芸众生生存之道。快速反映时代变革，捕捉生活闪光点，符合当下现代人匆忙工作状态下的审美习惯和阅读情趣。

其次，微型小说的写作者具有大众化和草根性，接地气，包容性强，不分男女老少，贫富贵贱，比较符合自己业余草根写作者的身份。

如今每天有大量微型小说在海内外报刊与网站上发表，为各种移动终端和新媒体开启的"微阅读"提供着精神食粮。只要有人的地方，差不多都有微型小说。作为一名微型小说作者，这是一份荣幸，更是一份沉甸甸的责任。

当今物欲横流的社会，心浮气躁的民众，内心深处仍需要优秀文学的洗礼。既然嫌读长篇大部小说费时间，那就读读微型小说吧。我始终认为文学不能仅有娱乐功能，博人眼球，让人一笑，更要起到潜移默化的教化和认知作用，让人在回味无穷中深刻反思。文学到了一定境界，就是灵魂深处的倾诉，生命力的自然喷涌。我非常推崇一代文学宗师金庸先生倡导的创作真谛——"写小说旨在刻画个性，抒写人性中的喜愁悲欢。"

回顾我创作过的微型小说，题材大致侧重以下两方面。

首先是家乡题材。

山水灵秀的富春大地，蕴藏着无数风流英豪名士故事。崛起江东的孙坚、孙策、孙权父子；开发澎湖的先驱者施肩吾；唐代大书法家孙过庭；地位显赫但为官清廉的北宋谢景初；隐居富春，留下传世名画《富春山居图》的元代大画家黄公望；从山农到尚书的明朝清官赵新；身居显要、两袖清风的清代父子尚书董邦达和董诰；近代爱国法官郁华和著名文学家郁达夫先生；现代富春江畔的"活华佗"张绍富骨科中医师；一代越剧名家徐玉兰老师；茅盾文学奖获得者、有"谍战小说之父"称号的著名小说大师麦家先生；等等。

此外，富阳传统文化底蕴同样深厚，拥有泗州造纸遗址、元书纸制作工艺、东坞山豆腐皮制作工艺、拔山炒茶工艺、龙门东吴竹马舞、常绿高照等大量国家级及省市区级"非遗"文化。

为此我收集了不少素材，加以提炼，创作出《山爷》《大厨阿珍》《花脸阿坤》《扇骨匠老陈》《制笔匠老牧》《纸坊传人蒋爷》《"金衣"传人刘爷》《黄峪喜的生意经》等多篇带有乡土气息的微型小说发表、转载，被读者广泛阅读，也被许多学校当作语文考试阅读理解题。当然，我的家乡题材不局限于富阳，更把杭州、浙北的独特风俗人情全方位展现在读者面前。

今后我将继续挖掘乡土素材，特别是周恩来视察大源旧迹、金萧支队在富抗日活动、抗日战争胜利浙江受降纪念馆、抗日女英雄孙晓梅烈士，对越反击战一等功臣金守儿等大量红色文化素材，通过采风、采访二次创作，再现他们可敬的光辉形象。

其次是邮政题材。

大学毕业后，我一直从事邮政工作，先在杭州后回富阳。我从二十多年的工作中所见所闻经历入手，描写默默坚守在平凡岗位的邮政普通话务员、营业员、分拣员和投递员的日常工作和情感世界，创作出《芳华》《山神》《见证》《蚂蚁和蜜蜂》《血染邮政绿》《最珍贵的财富》《老章的心事》《一只见证时光的邮筒》等多篇微型小说。2021年，我参加《故事会》举办的纪念建党一百周年的获奖作品《激扬的青春》，就以邮递员收到一封陌生来信不厌其烦帮助烈士找到家的事件为灵感所创作的。我把这篇微型小说题目当作本书书名，恰如其分，因为我写的微型小说就是要激扬出自己的青春年华。

中国邮政一直伴随着中国革命、建设和改革伟大实践过程，"听党话，跟党走，全心全意为人民服务"早就融入了邮政血脉红色基因。无数邮政革命志士喊出"人在邮件在，誓与党的文件共存亡"的誓言激励着一代又一代的邮政后辈铭记历史，在缅怀中传承初心，践行"人民邮政为人民"的宗旨。可敬的邮政人肩负"传邮万里，国脉所系"的历史责任，顽强奋斗，涌现出诸如2008年荣获第十九届"中国十大杰出青年"称号的"溜索姑娘"尼玛拉木；2012年度感动中国人物的"马班邮路"投递员王顺友；2019年新中国最美奋斗者获得者其美多吉等为杰出代表的学习榜样。

我只想用笨拙的文字记录下这些感人事迹和精彩

的故事展现给世人看，算是我作为邮政后辈的历史使命吧。

此外，本书还涉及地方特色美食、生态环保、垃圾分类、精准扶贫、杭州亚运、抗日故事、武侠传奇、寓言童话、家庭温情等多种题材。

限于本人笔力和水平，文字难免粗糙，内容难免有误，真诚期待各位读者的指正和批评。

常言道："文运相牵国运，文脉相连国脉。"作为基层作协会员的我们，要始终心系"国之大者"，有历史观，时代观，让优秀的中华传统文化成为创作的重要源泉，创作出无愧于时代的文学作品。

以此为后记，激励自己不断前行。

2024.5